Langenscheidt

Lehrer – Deutsch
Deutsch – Lehrer

Erkenntnisse aus 40 Jahren Ferien

von Han's Klaffl

Langenscheidt
München · Wien

Impressum

Langenscheidt Lehrer – Deutsch/Deutsch – Lehrer
von Han's Klaffl

Lektorat: Alexandra Bauer (textwerk, München)
Layout: Agentur Kopfbrand, München
Umschlaggestaltung: semper smile, München
Cartoons: © Erich Rauschenbach

Der Autor
Han's Klaffl ist ziemlich genau Mitte des letzten Jahrhunderts in Zentralbayern geboren und hat das Ruperti-Gymnasium in Mühldorf sowie das Musikstudium an der Hochschule für Musik und Theater in München absolviert. Seit nunmehr 36 Jahren ist er leidenschaftlicher Gymnasiallehrer an verschiedenen Münchner Vorstadtschulen im pädagogischen Innen- und Außendienst. Berühmt sind die Konzerte mit seinen diversen Chören, berüchtigt die Auftritte seiner Kabarettgruppe „I Machiosi", die er bis 2002 leitete. Seit 2004 trainiert er die Bilokation an der Schule und den Kabarettbühnen Deutschlands.

www.hans-klaffl.de

Satz: kaltner verlagsmedien GmbH, Bobingen
Druck und Bindung: Druckerei C. H. Beck, Nördlingen
ISBN 978-3-468-73856-2
www.langenscheidt.de
15021

Inhalt

Liebe Leserinnen und Leser,

damit Sie dieses Büchlein nicht etwa aus Versehen lesen, möchte ich vorweg kurz die Zielgruppe definieren. Dieses Traktat ist nicht etwa nur für Lehrerinnen und Lehrer bestimmt, sondern für einfach alle, die mit Lehrerinnen und Lehrern zu tun haben – also in erster Linie für Lehrerinnen und Lehrer.

Allerdings wäre es völlig abwegig, das Thema Fremderziehung ausschließlich aus der Opferperspektive zu betrachten. Deshalb finden sich in diesem Büchlein auch jede Menge wertvolle Tipps für die Täter (nämlich Eltern, Schüler, Schulleiter sowie Ministerialbeamte) im Umgang mit dem sensiblen Lehrkörper. Trotzdem möchte ich im Vorwort zu dieser Gebrauchsanweisung – quasi ein Lehrkörpermanual – das Wort speziell an die Mitglieder meiner Spezies richten:

Liebe Kolleginnen und Kollegen,
Menschen wie Sie und ich, das heißt Menschen mit chronischem Edukationshintergrund, haben es in unserer Gesellschaft nicht leicht. Genau genommen gibt es nur eine einzige Berufsgruppe, die es noch schwerer hat als wir Lehrer: die Lehrerinnen. Hier wird dennoch nur die männliche Berufsbezeichnung verwendet, was schlicht und ergreifend daran liegt, dass der subjektive Leidensdruck bei Männern einfach höher ist. Männer sind sensibler (vulgo: wehleidiger) und sollen deshalb – sozusagen als Ausgleich – zumindest verbal ein klein wenig bevorzugt werden.

Dieses Büchlein, liebe Kolleginnen und Kollegen (hier im Vorwort ist noch Platz für die höfliche Doppelanrede, aber danach ist Schluss damit), soll Ihnen hauptsächlich Mut und die schönen Seiten unseres Berufs bewusst machen: Unsere Zukunft ist gesichert, solange unsere Lebensarbeitszeit regelmäßig erhöht wird. Das Lehrerzimmer wird immer angenehm temperiert sein, vorausgesetzt die Anzahl der Kollegen, die altersbedingt schon eine gewisse Kälte abstrahlen, und derjenigen, die eine akute Burn-out-Phase durchmachen, halten sich die Waage. Und auch diese gähnende Langweile in den ewigen Freistunden ist nun endlich passé, seit die Ministerien aller Bundesländer in seltener Einmütigkeit die Pflichtstundenzahlen unaufhaltsam anheben. 1+*

Sicher gibt es ebenso Negatives: Der tägliche Umgang mit der aufmüpfigen, renitenten Bande nervt gewaltig, aber zum Glück gibt es ja die Schüler. Und nach einigen Stunden erholsamen Unterrichts wagt man sich wieder gestärkt ins Lehrerzimmer.

Ein nicht zu unterschätzender Vorteil unserer föderalistischen Staatsform ist ja die enorme Vielfalt, die wir unseren Schülern in Deutschland anbieten können: 16 unterschiedliche Bildungssysteme, circa 25 verschiedene Schultypen, mindestens ein Dutzend nicht vergleichbarer Abschlüsse … Ein Schüler, der all diese unvergleichlichen Möglichkeiten und Chancen nutzen und genießen will, wird sehr, sehr alt. Aber dieses Chaos (vulgo: Vielfalt) birgt auch für dieses Büchlein ein kleines

Problem: Nicht jeder deutsche Lehrer und jede deutsche Lehrerin (nur noch dieses eine Mal) wird sich und seine Kollegen (!) hier eins zu eins wiedererkennen – ganz zu schweigen von unseren deutschsprachigen Nachbarkollegen –, wofür ich um Nachsicht bitte.

Ich habe (fast) nur in einem Schultyp, ausschließlich in einem einzigen Bundesland, nur zwei Fächer unterrichtet und bin überwiegend männlich. Von der Globalisierung bin ich also meilenweit entfernt, aber ich verlasse mich da ganz und gar auf Ihre Flexibilität und Transferfähigkeit.
Bei der Lektüre wünsche ich Ihnen viel Freude (so hat das unser Deutschlehrer immer formuliert, wenn er einen Stapel Sekundärliteratur ins Klassenzimmer gewuchtet hat) und vielleicht lernen wir uns bei einem meiner Programme ja mal persönlich kennen.

Ihr

Han's Klaffl
(Staatskabarettist auf Lebenszeit)

Der LEHRER
in seinem
natürlichen
Umfeld

Eine kleine Lehrertypologie

Jeder Schüler weiß, dass es die unterschiedlichsten Lehrer gibt. Er weiß das, weil er ihnen täglich im 45-minütigen Wechsel ausgesetzt ist und sein schulisches Überleben unter anderem davon abhängt, wie schnell und präzise er sich jeweils auf den neuen Typ einstellen kann. Verhaltensweisen, die beim Phänotyp X geduldet, ja eventuell sogar honoriert werden, können beim Typ Y zum Desaster führen.

Tipp für Schüler:
Mit Bemerkungen wie „Bei Frau XY dürfen wir aber schon Kaugummi kauen. Warum bei Ihnen nicht?" kannst du zwar die Prinzipien der einzelnen Typen nicht ändern, das Kollegium aber durchaus ein bisschen aufmischen.

Genauere Untersuchungen, vor allem in den Jahren null bis 2.000 n. Chr., haben ergeben, dass sich die zahlreichen Mischformen letztlich auf vier Grundtypen zurückführen lassen.

Phänotyp A …

… ist durch nichts aus der Ruhe zu bringen – weder von Schülern noch von Kollegen oder gar Vorgesetzten. „Probleme mit Schülern habe ich nicht! Wenn, dann haben die Schüler Probleme mit mir." Ansinnen jeglicher Art von Kollegen oder gar Vorgesetzten tropfen völlig spurlos an ihm ab. Ergießt das Ministerium etwa neue revolutionäre Ideen über die Lehrerschaft des Landes oder kündigt der Schulleiter bahnbrechende Innovationen an, bleibt er völlig gelassen: „Da haben wir schon ganz andere Katastrophen ausgesessen."

Innerhalb des Lehrerkollegiums gilt er als jemand, „der nicht schmutzt", das heißt, keinen Ärger durch Diskussionen oder kollegiale Gespräche verursacht, die über das gestrige Fernsehprogramm hinausgehen. Seine letzte Wortmeldung in einer Lehrerkonferenz liegt Jahre zurück. Damals stellte er den Antrag, eine Pause einzulegen.

Typ A ist Oberstudienrat – aus Altersgründen. Er hat also den höchsten biologischen Dienstgrad erreicht, womit auch sein beruflicher Ehrgeiz erschöpft wäre. Bemerkenswert ist zudem sein Outfit: Er trägt seit Jahren einen knallbunten Pullover, Modell „Pizza mangiato", der in den 90er-Jahren eine Jahresgabe* des Philologenverbands war. Allerdings war er damals A 12, jetzt hat er A 14 (Bauchgröße), weshalb sich Schüler in der ersten Reihe durchaus bedroht fühlen. (* Die Jahresgaben der diversen Lehrerverbände sind übrigens sehr beliebt. Kultstatus erreichte 2010 in Bayern das zwölf CDs umfassende Hörbuch „Edmund Stoiber liest die Allgemeine Schulordnung".)

Tipp für Schüler:
Mit Typ A ist bestens auszukommen, er ist immer berechenbar. Aber: nicht reizen!

Typ B ...

... wird wegen der besseren Vergleichbarkeit hier in seiner männlichen Erscheinungsform vorgestellt, obwohl der weibliche Phänotyp wesentlich häufiger auftritt. Äußerlich ist zwischen beiden kaum ein Unterschied festzustellen. Er ist meist sehr betroffen, tief betroffen. Egal wovon.

Tipp für Schüler:

Ein mit feuchten Augen vorgebrachtes „Mein Meerschweinchen ist tot!" bewahrt vor allem euch Schülerinnen mindestens zwei Wochen vorm Ausfragen und vor Stegreifaufgaben. Du musst ja nicht dazu sagen, dass das Meerschweinchen schon vor drei Jahren gestorben ist – und zwar bei deinem Versuch zur Zentrifugalkraft.

Typ B fühlt sich permanent überlastet: Nicht so sehr von der Arbeit, mehr von den Bedenken, die er trägt. Seit Jahren schon erfüllt er seine Funktionsstelle als regionaler Bedenkenträger mit sorgenvoller Miene. Gleichzeitig ist er aber immer bemüht, den Unterricht für seine Schüler so attraktiv wie möglich zu gestalten. Öffnet man nach mehrmaligem Klopfen – das allerdings im kollektiv polyphonen Unterrichtsgespräch untergeht – vorsichtig die Klassenzimmertür, weiß man nicht sofort, ob hier unterrichtet oder Kindergeburtstag gefeiert wird. Dies wird auch nach längerer Beobachtung nicht unbedingt deutlich.

Sie sollten echt froh sein, dass wir Sie nerven! Dann werden Sie schneller dienstunfähig und vorzeitig pensioniert.

Im Französischunterricht backt er mit seinen Schülern Crêpes – in der Kaffeeküche des Lehrerzimmers. Bereits die Invasion einer siebten Klasse unter seinem hilflosen Kommando hinterlässt eine Schneise der Verwüstung, ganz zu schweigen von den Kollateralschäden in der Kaffeeküche. Alles ist versaut, pappt und es stinkt nach billigem Fusel, aber mit einem überzeugenden Resultat: Die Kinder haben innerhalb einer einzigen Stunde gelernt, was Pfannkuchen auf Französisch heißt. Chapeau! Schreiben können sie es in dieser didaktischen Phase allerdings noch nicht. Das lernen sie in der nächsten Unterrichtseinheit mithilfe eines Hütchenspiels.

Typ B ist Studienrat, mehr wird er nicht, weil ihn vorher das Burn-out-Syndrom niederstreckt – ausgelöst von überwiegend gefühlter Überlastung.

Tipp für Schüler:
Typ B nutzt die Schulferien zum Korrigieren.
Deshalb: Erhöhtes Aufkommen von Stegreifaufgaben in der Woche vor den Ferien.

Typ C

Sein Ideal: die körperliche Ertüchtigung. Sein Motto: Was nützt dir dein großes Latinus (Näheres zur lateinischen Grammatik siehe Typ D), wenn du bloß rumhängst wie eine müde Abortfliege? Sein Verhältnis zu Schülern: „Wozu die Schüler Lust haben, das müssen sie schon mir überlassen." Für ihn ist nämlich der Schüler der natürliche Feind des Lehrers. Zusammen mit den Eltern ist das für ihn bereits eine kriminelle Vereinigung oder in seinen Worten: „Eltern, das sind verantwortungslose Menschen, die uns diese bildungsresistenten Zellhaufen in die Schule schicken. Schauen Sie sich doch unsere Schüler an ... Die Hängehose in den Kniekehlen und eine Fortbewegung, die an Verwesung erinnert. Wie die Wanderdünen schieben die ihre Kadaver durchs Schulhaus. Jede Bakterienkultur bewegt sich schneller fort."

Man sieht: Ein Meister der pädagogischen Blutgrätsche. Dazu muss gesagt werden, dass seine Beschreibung – abgesehen von der brachialrhetorischen Ausgestaltung – durchaus richtig ist. Solche halbmobilen Grobmotoriker (so wurde es zumindest schon beobachtet) sind auf dem Gang von Lehrern überholt worden. Allerdings waren die Kollegen in diesen Fällen mittags auf dem Weg zum Parkplatz, also praktisch gedopt mit Glückshormonen.

Interessant ist bei Typ C auch sein Outfit. Das bringt seine Fächerkombination Sport/Chemie mit sich, die nahezu zwangsläufig zu einer originellen äußeren Erscheinung führt: Er trägt einen weißen Kittel – jedenfalls war dieser weiß, als er ihn vor 30 Jahren kaufte – und darunter eine hautenge Radlerhose. Letztere war es, die ihm von Schülern wahlweise die Spitznamen „Deutschländer" beziehungsweise „turnende Mettwurst" einbrachte.

Tipp für Schüler:
Typ C ist grundsätzlich fanatischer Anhänger eines Fußballvereins. Es kann nicht schaden, im Unterricht gelegentlich ein Trikot oder einen Schal seines Lieblingsvereins zu tragen.

Typ D ...

... unterrichtet bevorzugt alte Sprachen und ganz alte Sprachen. Der personifizierte pädagogische Eros. Sein Motto: Quod licet Iovi, non licet bovi. Sowohl phänotypisch als auch genotypisch ist er der absolute Gegenentwurf zu Typ C, mit dem er sich deshalb permanent, wie er es nennt, „verbale Scharmützel“ liefert.
Deren Ursache liegt meist in der grundsätzlichen Verständnislosigkeit von Typ C für ein Unterrichtsfach wie Latein: „Wozu lernt man eine Sprache, wenn man gar nicht hinfahren kann? Können Sie mir das verraten, Sie alter Sallustmolch?“ Da er mit der klassischen Antwort „Si tacuisses ...“ wiederum nichts anfangen kann, bleibt das Ende dieser Diskussion bis auf Weiteres offen.

Kommt es im Unterricht zu disziplinären Turbulenzen, was er sich inhaltlich bei einem so spannenden Thema wie dem casus ablativus gar nicht erklären kann, reagiert Typ D nicht mit der Blutgrätsche, sondern völlig gelassen mit Statements wie: „Etwas weniger albern ist auch lustig!“ Diese für Schüler völlig unverständliche Ansage verunsichert die Randalierer derart nach-

-altig, dass sie sich vorsichtshalber zurücknehmen. Wer weiß, vas das bedeuten soll?!

Nächtens arbeitet Typ D wahlweise an seiner halbfertigen Promotion über „Die lateinische Interpunktion im zweiten vorchristlichen Jahrhundert“ oder an seinem Fachbuch „Der moderne ateinische Wortschatz“. Für Letzteres erfindet er Begriffe wie „clavis muris dextra“, ohne genau zu wissen, wozu dieses Teil gebraucht wird. Allerdings verbringt die wichtige Weltneuheit dann mehrere Jahre in der Ablage „unverlangt eingesandte Manuskripte“ verschiedener Schulbuchverlage.

Tipp für Schüler:

Typ D kannst du leicht durch die Verwendung lateinischer Sprüche beeindrucken. Ein „Odi profanum vulgus et arceo“, wenn sich deine Mitschüler wieder einmal daneben benehmen, sichert dir auf Jahre hinaus seinen Respekt und seine Zuneigung.

Präzision ist für einen Lehrer vom Typ D selbstverständlich – mündliche Noten für die Rechenschaftsablage haben bei ihm zwei Kommastellen und Verweise erteilt er auf Lateinisch. Auch seine sehr seltenen Redebeiträge in den Lehrerkonferenzen sind dermaßen mit Latinismen und unverständlichen Metaphern angereichert, dass sie allgemein nur Unmut auslösen. Fachkollegen sowie Schulleiter nicken Verständnis vortäuchend, gehen aber nicht weiter darauf ein.

Lernzielkontrolle

Ordnen Sie mit Pfeilen die folgenden Merkmale und Eigenschaften den einzelnen Lehrertypen zu.

1) Wer bevorzugt welches Verkehrsmittel für den täglichen Schulweg?

Typ A	1.	Klappfahrrad
Typ B	2.	Öffentliche Verkehrsmittel
Typ C	3.	Bejahrter Daimler
Typ D	4.	Total heruntergekommener Toyota Corolla Kombi

2) Wer übernimmt welche Sonderaufgaben in der Schule?

Typ A	1.	Betreuung des Kaffeeautomaten im Lehrerzimmer
Typ B	2.	Feueralarm
Typ C	3.	Bierausschank beim Sommerfest
Typ D	4.	Vortrag selbst verfasster Gedichte bei der Verabschiedung von Kollegen

3) Wer trägt was?

Typ A	1.	T-Shirts mit lustigen Aufdrucken wie „Ich kann lesen!“ oder „Ich bin schuld!“
Typ B	2.	Jeans mit Gummibund, jahrelang der gleiche Pull
Typ C	3.	Korrekt gekleidet mit Tendenz zur Individualität zum Beispiel Sakkos mit aufgesetzten Ellbogenschonern oder Baskenmütze
Typ D	4.	Trainingshose, Trikot des örtlichen Fußballklubs

Auflösung

1) Typ A: 3., Typ B: 1., Typ C: 4., Typ D: 2.
2) Typ A: 3., Typ B: 1., Typ C: 2., Typ D: 4.
3) Typ A: 2., Typ B: 1., Typ C: 4., Typ D: 3.

Exkurs: Der rauchende Lehrer

Mit dieser Bezeichnung ist nicht die emotionale Emission eines Lehrers in einer durch disziplinfreies Betragen von Schülern angeheizten Unterrichtssituation gemeint. Nein, hier geht es ganz einfach um die Tatsache, dass auch Lehrer gelegentlich der – je nach Einstellung als Sucht oder Hobby bezeichneten – Gewohnheit frönen, zwischendurch mal eine Zigarette zu rauchen. Für umfangreichere Nikotingebinde wie etwa Zigarren oder gar Pfeifen lässt die Hektik des Schulbetriebs sowieso keine Zeit.

Schülern ist das Rauchen auf dem Schulgelände seit eh und je verboten, weshalb sie schon früh raffinierte Methoden entwickelten, diese als Menschenrechtsverletzung empfundene Einschränkung zu umgehen. Lehrer hatten das nicht nötig. Selbst als in vielen Bundesländern Nichtraucherschutzgesetze erlassen wurden, waren Lehrer davon kaum betroffen. Sie durften zwar in der Kneipe nicht mehr rauchen, hatten aber in der Schule weiterhin ihre Rückzugsgebiete.

Das ging ein Weile gut, bis einem Ministerialbeamten eine gewisse Ähnlichkeit auffiel: viel zu viele Menschen auf engstem Raum, hoher Lärmpegel, Superstimmung sowie mindestens 35 Personen auf eine Bedienung. Und er kam zu dem Schluss: Schule ist wie Kneipe, nur ohne Trinkgeld! Also wurde das Rauchen in der gesamten Lokalität verboten, denn Ausnahmen für Nebenräume wie zum Beispiel Lehrerzimmer gibt es nicht. Und so verließen die Lehrer tränenden Auges ihr Raucherzimmer. Das war zwar früher auch manchmal vorgekommen, aber jetzt hatten die Tränen einen emotionalen Hintergrund und vor allem: Es war das letzte Mal.

Diese Maßnahme trug zweifellos zum Klimawandel bei ... Unter den Nichtrauchern wurde das Klima besser – schon aus Schadenfreude. Unter den Rauchern schlechter – schon aus Angst um die Zukunft: nie mehr gemütlich zusammensitzen mit dem erhebenden Gefühl, die Freiheit zu verteidigen; nie mehr das lustige Spiel, nur an den Stimmen zu erkennen, wer anwesend ist; nie mehr bei einem aromatischen Zigarillo den Kollegen von der eben durchgeführten Toiletten-Razzia berichten („Sieben Treffer: dreimal die Hausaufgaben abgeschrieben, einmal geknutscht und zweimal geraucht! Die Raucher habe ich verdonnert, die räumen heute Nachmittag hier die Kippen weg.“).

Jetzt stellt sich heraus, wer die Verfolgung von rauchenden Schülern zu lasch betrieben hat, denn jetzt, wo er die Verstecke selber bräuchte, weiß er nicht, wo die besten sind. Da hilft ıur: Solidarität unter Rauchern – über alle pädagogischen Barieren hinweg. Und die besten Tipps für unkontrollierte Freizoıen haben aufgrund des chronischen Leidensdrucks natürlich die Schüler. Und die lassen ihre koabhängigen Lehrer großzügig an ihrer strategischen Überlegenheit über ahnungslose Pausenaufsichten partizipieren – vielleicht auch nicht immer ganz uneigennützig. Nichts verbindet mehr als ein gemeinsames Laster! Und eben deshalb ist, aus der Sicht des rauchenden Lehrers, das Nichtraucherschutzgesetz eine pädagogische Meisterleitung.

Tipp für Schüler:
Um in diesen elitären Zirkel aufgenommen zu werden, musst du nicht unbedingt mit dem Rauchen beginnen. Lehrer haben auch andere Laster.

Sie sind jung, brauchen das Geld: der pädagogische Nachwuchs

Bevor junge Kollegen sich auf einen Lehrer-Grundtyp festegen, durchlaufen sie das interessante und lehrreiche Stadium der Typfindung. Selbstverständlich werden sie dabei von den älteren Kollegen tatkräftig unterstützt: Immer wieder gerne geben sie die eine oder andere Portion von ihrem in jahrzehntelangem Schuldienst gesammelten Übermaß an Erfahrung ab. Weil aber die überwiegende Zahl von Berufsanfängern – nach dem derzeitigen übereinstimmenden Usus sämtlicher Bildungsministerien – nach der Referendarzeit nicht in den Staatsdienst übernommen wird, sondern allenfalls einen „Supervertrag“ bekommt, erstreckt sich diese Initiation in kleinen und kleinsten nur für das verschulte Auge erkennbaren Schritten über einen längeren Zeitraum.

Supervertrag

Ein Euphemismus, der vertuschen soll, dass der junge Lehrer seine Beamtung nicht gleich, sondern voraussichtlich erst eventuell viel später bekommen könnte, aber möglicherweise grundsätzlich auf jeden Fall.

In der Lehrerkonferenz zum Schuljahresbeginn werden diese neuen jungen Kollegen enthusiastisch begrüßt. Stehende Ovationen des Kollegiums vermitteln ihnen einerseits das Gefühl herzlich willkommen zu sein, andererseits weckt es natürlich ein gewisses Misstrauen: Was erwartet man hier von mir? Kann ich etwas, was die nicht (oder nicht mehr) können?

Was sie nicht wissen: Die Motivation für diesen Applaus ist tatsächlich sehr durchwachsen. Die meisten älteren Kollegen haben ganz einfach Mitleid. Sie fragen sich, warum sich heutzutage noch jemand diesen Beruf antut. Warum wird so einer Lehrer? Er macht doch einen ganz vernünftigen Eindruck. Ha dieser arme, irregeleitete Mensch noch nicht mitgekriegt, dass die Eingangsgehälter gekürzt wurden und die Wochenarbeitszeit permanent steigt? Warum hat er nicht BWL studiert und ist Unternehmensberater geworden? Und die Schüler von heute. Der wird sich wundern!

Dabei übersehen viele der Altvorderen, dass diese jungen Kollegen vor gar nicht allzu langer Zeit selber „Schüler von heute" waren. Sie kennen fast noch alles, was die Alten in den Wahnsinn treibt – sie haben nur die Seite gewechselt. Schon ihr Outfit signalisiert: Aufpassen Kids, hier kommt einer, der sich in eurem Revier bestens auskennt. Einer, der mit Madonna aufgewachsen ist (nicht mit den Stones wie der C-Typ oder gar mit Monteverdi wie der D-Typ). Einer, der das Vokabular von Bushido drauf und in seiner Schulzeit nicht „We shall overcome" gesungen hat, was genau aus diesem Grund aber auf ihn zutrifft.

Mit Cargohose, Dreitagebart und gegelten Haaren wie Schweini in seinen jungen Jahren tritt er an. Also modisch auch nicht ganz auf der Höhe, aber auf wesentlich höherem Niveau als die Jeans mit Gummibund des A-Typs. Er speichert die Digitalfotos von seinen Schülern auf dem MacBook und heißt bereits Marc oder Eric (allerdings noch nicht Thorben oder Kevin). Den Verweis, den seine gut abgehangenen Kollegen damals für das Wort „Scheiße" bekamen und deshalb als Lehrer selbst erteilen, gibt es bei ihm frühestens ab „motherfucker".

Die junge Kollegin Viviane beeindruckt ebenfalls durch ihr modisches Outfit. Sicher, auch ältere Kolleginnen wissen sich zu kleiden, aber häufig übersehen sie ein wesentliches Merkmal der Mode: Sie ändert sich.

Und, wahrlich nicht zu vernachlässigen: Der Mensch ändert sich auch.

Kollegin denkt:	**Schüler denkt:**
Ein bisschen bunter kann nicht schaden. Wirkt sicher lebhaft.	**Aha! Hier sind unsere alten Küchenvorhänge also gelandet.**
So ein Lederrock ist doch immer wieder chic.	**Eine ganze Kuh für einen einzigen Rock! Was sagt dazu eigentlich der Tierschutzverein?**

Auf Schülerinnen und Schüler wirkt ein ansehnlich gestylter Lehrkörper durchaus motivierend. Allerdings erst etwa ab Jahrgangsstufe elf. Davor machen sie keinen Unterschied zwischen 30- und 60-Jährigen. Ob biVi oder uHu: Alt ist alt.

Das eingangs erwähnte Mitleid mit den jungen Kollegen ist also in keinster Weise angebracht, denn sie sind gut. Selbstverständlich sind sie gut, sonst wären sie ja gar nicht hier. Sie haben durchweg Examensnoten mit einer Eins vor dem Komma und fast nichts dahinter. Das macht es für die älteren Kolegen auch nicht gerade einfacher. Der Fachbereichsleiter, der anno dunnemals mit seinem Dreierexamen problemlos in den Staatsdienst übernommen wurde, erkennt zunehmend seinen Fortbildungsbedarf, den die jungen Kollegen nicht immer bereitwillig erfüllen. Vor allem in Fächern mit einem gewissen Aktualitätsanspruch wie Sozialkunde oder Musik werden dem Schüler die fachlichen Defizite des älteren Kollegen besonders bewusst, wenn sie beim jüngeren Mitbewerber nicht auftreten.

Tipp für den Junglehrer:
Lassen Sie ab und zu Ihre Unterrichtsmaterialien auf Ihrem Platz liegen. Sie lösen damit heftige Kopieraktivitäten aus, die letztlich den Schülern dienen. Das sollte es Ihnen wert sein. Mit einem „Und, hat's geklappt?" nach der nächsten Unterrichtsstunde des Kollegen stimmt auch die emotionale Bilanz wieder.

Und das sind nicht die einzigen Irritationen, die von der Marc-Viviane-Generation in das Lehrerzimmer getragen werden ... Selbstbewusst setzt sie sich auf den seit Jahrzehnten sakrosankten Stammplatz eines bejahrten Platzhirschen – ein Sakrileg, das Eingeweihte nicht einmal in dessen Abwesenheit wagen würden. Und fragt diesen, seinen verzweifelt-vorwurfsvollen Blick in gleicher Weise ignorierend, wie das Schüler seit Jahren tun, nach dem Kennwort für das WLAN und löst so eine gravierende Identitätskrise aus: „Ich sitze schon immer da, ich habe dafür noch nie ein Kennwort gebraucht."

Sie sind jung, brauchen das Geld ...

Tipp für den Junglehrer:
Sie ziehen sich zwar den Unmut des Kollegen zu, dessen Platz Sie besetzen, gewinnen aber gleichzeitig die stille Bewunderung der Umsitzenden. Wägen Sie hier sorgfältig ab.

Auch die Frage nach der Lernwerkstatt wird meist ausweichend beantwortet: „Äh, soviel ich weiß, hat der Hausmeister im Keller oder sonst wo ...“ Lediglich der Antrag der jungen Kollegin auf ein Laminiergerät im Format DIN A2 wird allgemein befürwortet. Schließlich spürt gerade der ältere Mensch die Notwendigkeit konservierender Maßnahmen am eigenen Leib. Es sind aber durchaus Kollegen dabei, die der Jugend Profilierungschancen geben und ihnen beispielsweise die Verwaltung der Geographiesammlung anbieten.

Älterer Kollege sagt:	**Deutsch:**
„Da gibt's nicht viel zu tun, ab und zu ein Blick in den Kartenraum, das war's dann schon!“	**Soll er sich doch mal über die schlampigen Kollegen ärgern ... und permanent dem Krempel hinterherlaufen.**
„Aus kleinen Aufgaben werden große und schon steht irgendwann eine Beförderung an.“	**Dafür müsstest du aber schon sehr alt werden.**

„Gut, auf manche Dinge muss man schon ein besonderes Augenmerk legen.“

Beispielsweise auf den Beamer, der jedes Wochenende verschwunden ist, wenn ich ihn dringend für die Urlaubsfotos bräuchte.

„Ich habe auch mal ganz klein angefangen.“

Und so werde ich wahrscheinlich auch wieder aufhören.

Bereits nach wenigen Wochen erkennt man beim pädagogischen Nachwuchs erste Erfolge der Initiation, kleine Verhaltensänderungen in Typrichtung A, B, C oder D. Da kommt einer schon um elf Uhr mit seiner Klasse vom Wandertag zurück, der andere begründet seine Benotung mit „Natura abhorret vacuum“ und wieder ein anderer trägt plötzlich hautenge Muskelshirts. Und spätestens, wenn vor den Weihnachtsferien an den Fächern im Lehrerzimmer kleine Schokoladen-Nikoläuse kleben – ein kleiner Gruß der jungen Kollegin –, ahnt man, wohin es jeweils geht.

Lernzielkontrolle

Ordnen Sie die im letzten Abschnitt beschriebenen Auffälligkeiten den Lehrertypen A bis D zu.

Auflösung

Kommt schon um elf Uhr mit seiner Klasse vom Wandertag zurück: Typ A.

Begründet seine Benotung mit „Natura abhorret vacuum“: Typ D.

Trägt plötzlich hautenge Muskelshirts: Typ C.

Vor den Weihnachtsferien kleben an den Fächern im Lehrerzimmer kleine Schokoladen-Nikoläuse: Typ B.

Unterrichtsähnliche Situationen

Meister der rechten Maustaste: im Medienunterricht

Der Einsatz moderner Medien im Unterricht ist sehr wichtig vor allem deshalb, weil der Schüler so auf das Berufsleben vorbereitet wird. Er sieht zum Beispiel, wie Menschen in Panik geraten, wenn etwas nicht funktioniert. Und gleichzeitig lernt er wie man mit überzeugend eingeworfenen Tipps das Chaos au die Spitze treibt.

Das Gemeine an der Sache: Lehrer hören andauernd, die Jugend beherrsche das doch wesentlich besser, und irgendwann glauben sie das auch noch selbst. Und nicht nur das, die Jugend geht sowieso davon aus. Dabei weiß ein 15-Jährige nicht mehr als der Lehrer, wenn er cool anbietet: „Hey Alter probieren Sie es doch mal mit der rechten Maustaste!“ Eigentlich ist er genauso unwissend, denkt sich aber, die linke hatten wir schon, mit der ging es nicht und noch eine ist nicht da …

Früher nannte man das „trial and error“, eine Lernmethode, die man den niederen Primaten zuordnete. (Die Trial-and-Error-Methode ist im Schulsystem nichts Neues. Viele Kultus- beziehungsweise Bildungsministerien machen seit Jahrzehnten Schulpolitik streng nach dieser Methode. Allerdings dauert die Error-Phase hier meist wesentlich länger.) Heute verwendet man für diesen Vorgang den Begriff „intuitives Lernen“ – und das gilt als besonders fortschrittlich. Dieses vorsichtige Herantasten an eine Sache, ohne recht zu wissen, wo es hingehen soll, das kennen Lehrer natürlich schon lange, nur nannte man das früher „unvorbereiteten Unterricht“. Und der war schon immer mit totalem Medieneinsatz verbunden: „Sieh mal nach, ob der Fernsehraum frei ist. Dann schauen wir ‚Der Weiße Hai‘ an. Das passt sehr gut, weil wir heute die menschlichen Gliedmaßen besprechen sollten.“

Es soll hier keinesfalls den guten alten Zeiten nachgetrauert werden, in denen man die Medien noch buchstäblich im Griff hatte. Aber handgekurbelte Matrizenabzüge, die, wenn sie frisch von der Rolle kamen, dem Lehrer von gierig schnüffelnden Kindern aus der Hand gerissen wurden, hatten durchaus ihren Reiz. Technisch konnte man nicht viel falsch machen und manche Kollegen glaubten wirklich, es sei der Inhalt der Arbeitsblätter, nach dem die Schüler lechzten. Dabei war die Frage „Wann bekommen wir wieder ein Arbeitsblatt?" ein ganz profanes Symptom von Alkoholentzug.

Die mediendidaktische Neuzeit begann mit der Einführung der allgemeinen Kopierpflicht Anfang der 80er-Jahre. Damals waren die Geräte noch so langsam, dass man die Vorlage während des Kopierens verändern konnte. Und der Kopierraum entwickelte sich dadurch zum eigentlichen Kommunikationszentrum des Kollegiums: Ganze Nachmittage verbrachte man dort plaudernd, während der Kopierer mühsam eine Kopie nach der anderen herausächzte. Gleichzeitig stiegen einige wenige Kollegen wegen ihrer Fähigkeit, die regelmäßigen Papierstaus zu beseitigen, erheblich in der kollegialen Hierarchie nach oben.

Heutzutage ist immer noch nicht jeder Kollege in der Lage, die Kopiervorlage so einzulegen, dass tatsächlich das kopiert wird, was er haben will. Immer wieder sieht man Menschen verzweifelt auf das Gerät einhämmern: „Aufhören! Stopp! Das ist nicht das, was ich will!" Bis zur Entdeckung der Stopptaste ist dann locker ein Quadratmeter Regenwald vernichtet. Besonders interessant sind hierbei Vergrößerungen. Umfangreiche Papierbahnen wälzen sich aus dem Gerät, auf denen sich irgendwo in einem Eck ein Teil der Vorlage befindet. Sehr groß, aber unvollständig.

Allerdings nutzen die meisten Kollegen sowieso viel lieber die Verkleinerungstaste. Texte, die sie selbst aufgrund ihres Alters schon im Original nicht mehr lesen können, werden dreimal verkleinert, um den Lehrstoff wenigstens optisch zu reduzieren. Mit jeder Verkleinerung sinkt nämlich die gefühlte Menge des Lehrstoffs auf 70 Prozent. Das ist die Anwendung des Goldenen Schnitts auf die Didaktik. Heftet der Schüler dann ein solches Blatt ab, fehlen ihm allein schon wegen der Lochungen zwei komplette Kapitel.

Ein großer Vorteil des Kopierers ist außerdem, dass man damit Folien für den Overheadprojektor erstellen kann. Zwar führt das gerne mal zum Totalschaden, weil der mit zahlreichen roten Ausrufungszeichen versehene Hinweis „Kopierfolien immer mit der Oberseite nach unten einlegen", den ein verzweifelter Kollege angebracht hat, nicht weiter hilfreich ist. Wie soll man auch sehen, wo bei einer durchsichtigen Folie oben oder unten ist? Gelingt aber so eine Folie, dann schlägt sie die bisher handgeschriebenen um Längen. Denn diese sind im Laufe der Jahre so verwischt, dass damit allenfalls der Kunsterzieher den Impressionismus erklären kann.

Mit der Overheadfolie sind wir wieder bei den sogenannten Frontmedien, also denen, die in Gegenwart der Schüler funktionieren sollen. Das ist hier kein größeres Problem, da es eigentlich nur drei Möglichkeiten gibt, die Folie falsch aufzulegen. Geschickte Kollegen bringen es aber auch auf sieben Möglichkeiten (ausprobieren, es geht!) – die senkrechte Verwendung noch nicht mitgerechnet. Die Bezeichnung „Overhead" kommt wahrscheinlich daher, dass das richtige Auflege der Folie für manchen Kollegen einfach zu hoch ist.

Dann kam PowerPoint – die Fortsetzung des Frontalunterricht mit verschärften Mitteln. Jetzt kann man nicht nur verkleinerr sondern gleichzeitig auch noch beschleunigen, bis der Schu psychologe kommt. Es ist ein unbeschreibliches Erfolgserleb nis für den Lehrer, wenn der erste Gliederungspunkt aus der Hintergrund hereingezoomt kommt, sich zweimal überschläg im Zickzack über die Leinwand rast, sich zudem um sich selbs dreht, kurz aufbläht, wieder zusammensackt, schließlich a seinen endgültigen Platz hoppelt und dort noch drei- bis vier mal nachwippt. Nach ungefähr einer Minute kommt er endlic zur Ruhe und man liest vierfarbig im Schrifttyp Bubble Exotic „Einleitung".
Stehende Ovationen der Klasse!

Spätestens beim dritten Gliederungspunkt haben die Schüle in der ersten Reihe ein schweres Schleudertrauma, die ande ren klammern sich seekrank an ihren Vordermann mit Auge wie Mowgli vor der Schlange Kaa. PowerPoint in den Hände eines Fanatikers ist LSD für arme Leute. Wenn es denn funk tioniert! Aber das muss es ja nicht. Nein, das will es sogar o nicht. Wer erleben will, wie ein erwachsener Mensch hysterisc auf elektrische Geräte einbrüllt, muss einfach nur den Unter richt eines Kollegen besuchen, der nächtelang an seiner erste

Wenn Sie mir 'nen Tipp für die Mathearbeit morgen geben, zeig' ich Ihnen das Basis-Know-how für Ihr neues Notebook.

Präsentation gearbeitet hat, deren Herausgabe der Computer (oder ist es der Beamer?) nun hartleibig verweigert.

Natürlich rastet er erst aus, nachdem er geduldig und mit durchaus überzeugenden Argumenten versucht hat, diese Geräte zur Mitarbeit zu bewegen. Allerdings mit genau dem gleichen Erfolg, den er mit dieser Methode bei seinen Schülern erzielt: Ein Beamer steht nämlich dem guten Zureden genauso aufgeschlossen gegenüber wie ein Mittelstufenschüler in seiner hormonell kritischen Phase. (Eher kann man diesen noch davon überzeugen, dass Mädchen oberhalb der Zahnspange auch noch interessante Körperteile haben.)

Jetzt, in diesem Stadium hoch angereicherter Emotionen, fehlt nur noch der besagte Tipp mit der rechten Maustaste: „Hey Alter …!“ Es waren seine letzten Worte.

Gelobt sei, was hart macht: der Sportunterricht

„Ich war immer der Letzte, der in die Mannschaft gewählt wurde. Erst nachdem wirklich überhaupt niemand mehr da war, kam ich dran. Sogar die Mädchen wurden vor mir ausgewählt. Und dann musste ich ins Tor, weil ich der Dickste war.“ Wenn nicht schon der Gesichtsausdruck des Erzählenden, dann verrät spätestens der nächste Satz die eigentliche Botschaft: „In allen anderen Bereichen war ich unschlagbar! Kognitiv, kreativ et cetera keine Probleme, nur dieses blöde Rumgehupfe!“

Entweder hat man schöne Erinnerungen an den Sportunterricht oder eben an alle anderen Fächer. Beides zusammen ist offenbar nicht möglich. Nur das benotete Einzelvorsingen im Musikunterricht hat noch ein ähnlich nachhaltiges Horrorpotenzial. Nicht umsonst spricht man in Mafiakreisen davon, jemanden „zum Singen zu bringen“.

Höhepunkte im Sportunterricht sind die Bundesjugendspiele, denn hier wohnen andere Klassen und Geschlechter der Blamage bei. Die Bezeichnung „Spiele“ ist in diesem Zusammenhang historisch zu verstehen: Auch die Gladiatorenkämpfe im alten Rom wurden als Spiele bezeichnet, was die mitspielenden Christen wohl gelegentlich als Euphemismus „erlebten“.

Der Sportunterricht im Sommer ist für die Schüler meist erträglich. Man verläuft sich irgendwo in den Weiten des Sportplatzes und taucht erst gegen Ende der Stunde wieder auf. Anders im Winter – Geräteturnen ist angesagt. Es beginnt wie weiland bei der Inquisition mit dem ersten Stadium, der Territion (auch Schreckung genannt), nämlich dem Zeigen der Instrumente. Jetzt gilt es, erste Grundsatzentscheidungen zu treffen: Kann man sich an Geräten mit vielen Stangen besser festhalten oder ist es wahrscheinlicher, sich daran blaue Flecken zu holen?

Zweites Stadium: Verlesen der Tortur. Das sind diese grauenvollen Übungsbeschreibungen, gespickt mit Fachtermini wie

Quetschpraller, Mattenschleifer, Nackenknicker, Drehstauche etc. Zum Schluss immer ein harmlos klingendes „mit halbe Drehung zum Gerät“.
Damit ist der Versuch des Opfers gemeint, nach dem Einschla gen in den Boden nochmals zurückzuschauen, was das ei gentlich für ein Gerät ist, das einen soeben dermaßen furcht bar zugerichtet hat.

Die Hilfestellung, an der man jedes Mal im Blindflug gan knapp vorbeisegelt – weil dieses Kameradenschwein imme einen Schritt zurücktritt, sobald es brenzlig wird –, kann mar nur als sicherheitstechnisches Placebo sehen. Allenfalls komm von dieser Seite ein Versuch, das Wrack psychisch wieder auf zubauen: „Willst du darüber sprechen?“ Es ist kein Zufall, das im Stundenplan das Fach „Sport männlich“ mit SM abgekürz wird.

Was wird im Bildungssystem heute nicht alles auf den Prüf stand gestellt, hinterfragt, evaluiert, in Zweifel gezogen … de Sportunterricht ist tabu. Auch bei den Sportlehrern gibt es kei nerlei Selbstzweifel: „Wenn ich es nicht mache, macht es eir anderer!“ Allerdings darf man über Sportlehrer wirklich nicht zu hart urteilen. Sie haben zweifellos unsere Bewunderung ver dient – und zwar für ihre Körperbeherrschung. Nicht im Unter richt, nein, danach, im Umkleideraum. Was sie da ertrager müssen, davon bekommen andere Lehrkräfte tatsächlich nu einen Hauch mit.

DEN HAUCH NÄMLICH, den Schüler und – hier muss man sie gesondert erwähnen – Schülerinnen mit sich führen, wenn sie vom Sportunterricht kommen. Wir sprechen hier von chemischen Kampfstoffen, wie sie seit der Haager Landkriegskonvention in Europa verboten sind. Kampfstoffe, die seit Generationen von Schülern nach dem gleichen Rezept zubereitet werden: Man nehme Sportkleidung, die zu mindestens 80 Prozent aus Polyester besteht. Diese wird zweimal pro Woche leicht angeschwitzt, etwa in der Art, die Alfons Schuhbeck als „helle Schwitze" bezeichnet. Anschließend wird sie mit wahlweise Patschuli, Laura Biagiotti oder Axe abgelöscht – je nach Geschlecht, Zeitgeist oder Ausstattung – und dann auf einer Lage gut eingelaufener, lauwarmer Turnschuhe eine ganze Woche lang in der geschlossenen Plastiktüte „al forno" herausgebacken.

Das Ergebnis wird in der nächsten Sportstunde lauwarm serviert und spätestens zum Halbjahr laufen diese Turnbeutel selbstständig um die Aschenbahn. Ambulante Biotope, die im Dunstkreis der Schule jederzeit mit dem Innenleben einer leicht gebrauchten Blockflöte konkurrieren können.

Man sollte jetzt aber nicht zu hart mit den Schülern ins Gericht gehen. Duschen kommt schließlich nicht infrage, für Mädchen schon gar nicht, denn dabei könnte das Nabelpiercing verrosten. Die dadurch eingesparte Zeit nutzen sie allerdings nicht, um rechtzeitig in die nächste Unterrichtsstunde zu kommen, sondern lieber für die Erneuerung ihres Make-ups, das durch die heftige sportliche Aktivität verschmiert sein könnte. Und das dauert, denn so eine 16-jährige Amateurvisagistin trägt dermaßen viele Lagen auf, dass sie die Kabel ihrer iPod-Kopfhörer mühelos unter Putz verlegen kann.

Sind auch Knaben in der Klasse, wird die olfaktorische Gesamtsituation durch eine intensive spermale Komponente ergänzt. Das riecht wie Meister Reineke im Februar. Zieht dann so eine gemischte Klasse nach dem Sportunterricht mit diesem Hautgout am Hausmeisterkiosk vorbei, fallen die Windbeutel in der Auslage zusammen.

Wie hat man damals verzweifelt nach vernünftigen Argumenten für die Einführung des G8 gesucht – ohne jeden Erfolg. Die Verkürzung des Gärungsprozesses in den Turnbeuteln um ein ganzes Jahr wäre das beste Argument gewesen und dazu noch das einzig überzeugende.

Ärgerliche Lücken: sogenannte Freistunden

„I'm sitting here in a boring room …“

(Fool's Garden, „Lemon Tree“)

Bis weit in die 90er-Jahre hinein gab es eine Einrichtung, die der Kommunikation im Lehrerkollegium ungemein förderlich war – und dadurch für viele Spannungen und Differenzen verantwortlich: die sogenannte Freistunde. Damals war nämlich die wöchentliche Arbeitszeit für Lehrer kürzer als die Gesamtunterrichtszeit. Nachdem die zu unterrichtenden Stunden aber gleichmäßig auf die Schulöffnungszeiten verteilt wurden, entstanden für Lehrer diese ärgerlichen Lücken, in denen es sich nicht rentierte, nach Hause zu fahren. Durch die permanente Angleichung dieser beiden Zahlen (Sie dürfen raten, in welche Richtung die Anpassung verlief!) wurde diese Einrichtung obsolet, was von der Lehrerschaft nahezu enthusiastisch begrüßt wurde. Nur noch ganz selten ist es nun notwendig, diese lästigen Wartezeiten sinnvoll zu überbrücken.

Meist erledigt das die Schulleitung mithilfe des Vertretungsplans. Dann vertritt man einen Kollegen, der wirklich frei hat, und spielt mit einer fünften Klasse Hangman oder hört sich die Klagen einer Rotte Neunte-Klasse-Checker über den unsensiblen Umgang einer jungen Kollegin mit der Schülerpsyche an. (In der ministeriellen Statistik wird eine solche Vertretungsstunde übrigens als normaler Unterricht geführt.)

Tipp für Lehrer:
Lassen Sie sich bei nächster Gelegenheit von der Kollegin erklären, wie sie das macht. Von ihr kann man offensichtlich viel lernen.

Häufig ist man aber völlig auf die eigene Fantasie zurückgeworfen und löst das Problem typabhängig ...

Typ A: Sitzt mit Zeitung und Wurstsemmel friedlich in der hintersten Ecke des Lehrerzimmers, bis er nach circa 15 Minuten von der Sekretärin darauf aufmerksam gemacht wird, dass er zur Vertretung eingeteilt ist. Isst dann in aller Ruhe fertig und macht sich auf den Weg, stellt aber unterwegs fest, dass es sich nicht mehr lohnt, wegen der paar Minuten solche Entfernungen zurückzulegen, und kehrt wieder um.

Typ B: Sucht Anschluss. Berichtet von der soeben wunderbar gelungenen Unterrichtsstunde, in der er ein neues didaktisches Modell erprobt hat: „Die Schüler waren begeistert." Glaubt das auch noch selbst. Faltet, klebt und bemalt anschließend Unterrichtsmaterialien für die darauffolgende Doppelstunde in der Oberstufe.

Typ C: Treibt sich wie der einsame Wolf im Lehrerzimmer herum, liest dann laut die Anschläge am Schwarzen Brett vor und kommentiert sie kritisch. Erläutert den desinteressierten Anwesenden, warum keine der ausgeschriebenen Schulleiterstellen für ihn infrage kommt. (Die Anwesenden vermuten aber andere Gründe.)

Typ D: Sitzt nicht im Lehrerzimmer, sondern alleine in der Bibliothek, wo er eine bestimmte Textstelle bei Cicero sucht, in der dieser eine ungewöhnliche grammatikalische Konstruktion anwendet. Berichtet darüber dann ausführlich in der nächsten Fachsitzung.

Allgemeine Lehrpflicht: Lehrer im pädagogischen Außendienst

„Die Lehrkraft ist verpflichtet, ihre Arbeitskraft dem Dienst als Lehrkraft zu widmen. Dies verlangt erzieherischen Einsatz der Lehrkraft auch außerhalb des Unterrichts. (...)"

(§ 9 Lehrerdienstordnung – LDO)

Der erste Satz dieser Anordnung ist relativ leicht zu verstehen, er bedeutet floskelbereinigt, der Lehrer soll arbeiten. Schwieriger wird es im folgenden, der nichts anderes besagt als: Der Lehrer soll auch im Urlaub erziehen. Das ist prinzipiell unproblematisch, soweit sich diese Bemühungen auf den eigenen Nachwuchs beschränken. Allerdings führt dies gelegentlich zu einem – möglicherweise ungewollten – Outing ...

Saintes Maries de la Mer, Südfrankreich

Ein herrlicher Sonnenuntergang im August. Ein Vater steht mit seinem circa fünfjährigen Sohn am Strand, etwa zehn Meter entfernt eine ältere Dame.

Sohn: „Papa, wenn man hier angeln will, welchen Köter nimmt man denn da?"
Vater: „In diesem Fall heißt es nicht Köter, sondern Köder. Ein Köder ist allgemein ein Lockmittel, nicht nur beim Angeln. Köter ist dagegen eine abwertende Bezeichnung für einen Hund – das sollte man aber eigentlich nicht sagen."

Ältere Dame (wendet sich dem Vater zu): „Herrlich, dieser Sonnenuntergang. Nicht wahr, Herr Kollege?“

Lernzielkontrolle

Woran hat die Dame den Kollegen erkannt?

1) Er hat seine Ausführungen mit einer Richtigstellung begonnen.

2) Er hat nicht nur verbessert, sondern zusätzlich die verwendeten Fachtermini definiert.

3) Er hat den Aspekt der Political Correctness berücksichtigt („sollte man aber eigentlich nicht sagen“).

4) Er hat die eigentliche Frage nicht beantwortet. Der Sohn weiß jetzt weder, ob sich ein Köter als Köder eignet, noch, welcher Köder sonst infrage kommt.

Auflösung

Richtig! Sämtliche Antworten treffen zu. Der Kollege hat also das Thema didaktisch-pädagogisch rundum zufriedenstellend behandelt.

Aufgrund der äußeren Umstände musste er allerdings auf das – aus didaktischen Gründen eigentlich unbedingt notwendige – Tafelbild, eine vergleichende Tabelle, verzichten. Es soll hier auch nicht verschwiegen werden, dass der Lehrer sich der in Punkt vier beschriebenen Wissenslücke durchaus bewusst ist. Als verantwortungsvoller Pädagoge hat er sich natürlich sofort vorgenommen, diese umgehend zu schließen.
„Lehrers Kinder, Müllers Vieh geraten selten oder nie!" sagt der Volksmund. Warum zumindest der erste Teil dieser Weisheit zutrifft, sollte hiermit geklärt sein, für den zweiten Teil ist der Bauernverband zuständig.

Aber die Lehrerdienstordnung (siehe Seite 39) spricht ja ganz allgemein vom „erzieherischen Einsatz". Von einer Beschränkung auf die eigene Nachkommenschaft ist also nicht die Rede, weshalb der pflichtbewusste Lehrer die unterschiedlichsten Bevölkerungsgruppen im In- und Ausland in den Genuss seiner pädagogisch-didaktischen Ambitionen kommen lässt. Es ist nicht zuletzt diese selbstlose Hilfsbereitschaft, auf welche die allseits bekannte Bewunderung und Beliebtheit unseres Berufstands zurückzuführen ist.

Die folgenden Beispiele belegen nicht nur diesen Sachverhalt, sondern sollen gleichzeitig die Kollegen anregen, solche und ähnliche Gelegenheiten zu nutzen, um der Lehrerdienstordnung gerecht zu werden.

Schloss Herrenchiemsee

Eine gemischte Besuchergruppe wird von einer jungen Fremdenführerin (wahrscheinlich eine Studentin der Neuen und Neusten Geschichte) durch die königlichen Gemächer geleitet und dabei mit historischem Hintergrundwissen versorgt.

Fremdenführerin: „Wie Sie sicher wissen, hat ja Ludwig der Zweite, obwohl ein großer Verehrer der Bourbonen, 1870 einen Krieg gegen Frankreich …“
Mann mit Herrentäschchen (drängt sich nach vorne): „Moment! So kann man das nicht formulieren, mein liebes Mädchen. Das ist eine grobe Vereinfachung, die, mit Verlaub, an Geschichtsklitterung grenzt. Sie verkennen ja völlig die Rolle Bismarcks in diesem Konflikt und damit auch die des Preußischen Reiches. Ich darf das mal kurz zurechtrücken …“

Es folgt ein 20-minütiges Kurzreferat über die bayrische Geschichte von 1850 bis zum Ausbruch des Zweiten Weltkriegs unter besonderer Berücksichtigung der Einflussnahme Bismarcks auf das Haus Wittelsbach bei der Kriegserklärung im Jahr 1870.

Große Dankbarkeit bei den überwiegend japanischen Besuchern, die gerade wegen dieses historischen Details aus Tokio angereist sind. Sie haben zwar von den Ausführungen des Kollegen (der, wie er nicht ohne Stolz abschließend erwähnt, über dieses Thema 1978 seine Zulassungsarbeit verfasst hat) kein

Vort verstanden, aber doch intuitiv erkannt, dass sie hier nur nit knapper Not einer dramatischen Fehlinformation über fundamentale Aspekte der bayrischen Geschichte entgangen sind. Applaus!

Häufig sind sich Lehrer ihrer Verantwortung allerdings gar nicht bewusst und vernachlässigen in unverantwortlicher Weise ihre allgemeine Lehrpflicht, obwohl sie die intellektuellen Defizite in hrer jeweiligen Umgebung sehr wohl zur Kenntnis nehmen ...

Bilbao, Guggenheim Museum

Vor der Tapasbar befindet sich eine Menschenschlange. Drei Bedienungen versuchen hektisch, den Ansturm zu bewältigen. Am Ende der Schlange drei Männer mittleren Alters im tropentauglichen Outfit mit Fotoapparat und hochgeklapptem Sonnenbrillenaufsatz ...

Edwin: „Das ist jetzt wieder mal typisch spanisch."

Helmut: „Ja, Hunderte von Menschen, aber trotzdem nur drei Bedienungen."

Walter: „Sie haben's halt nicht nötig."

Edwin: „Dabei wäre es so einfach: Einer nimmt die Bestellung auf, der Zweite kassiert und der Dritte gibt die Tapas aus. Das ginge ruckzuck."

Walter: „Sie haben's halt nicht nötig."

Helmut: „Besser wäre es, der Erste kassiert auch gleich, dann können zwei ..."

Edwin: „Oder noch einen vierten Mann einstellen. Die könnten dreimal so viel Umsatz …"

Walter: „Sie haben's halt nicht nötig."

Helmut: „Ich gehe jetzt mal vor und nehme das in die Hand. Kommst du mit, Edwin?"

Edwin: „Du kannst doch gar kein Spanisch und die können sicher nicht Deutsch."

Walter: „Sie haben's halt nicht nötig."

Edwin: „Wie sollen wir denn denen effektives Arbeiten beibringen, wenn wir …"

Helmut: „Und überhaupt. Warum wir? Walter, du musst das machen. Du bist doch hier der Lehrer. Jetzt zeig mal, was du didaktisch draufhast. Ihr Lehrer könnt doch sonst immer alles."

Walter: „Keine Lust, ich bin im Urlaub, ich hab Zeit. Und überhaupt: Ich hab's nicht nötig."

Nachtrag (Versuch der Ehrenrettung): erster Tag nach den Ferien, im Lehrerzimmer

Typ B: „Und, was hast du gemacht in den Ferien? Waren ja wieder mal unerträglich lang."

Typ A: „Ging so, hätte noch ein paar Wochen ausgehalten. Ich war angeln."

Typ B: „Ach, du angelst? Wo warst du denn?"

Typ A: „Mittelmeer, Südfrankreich."

Typ B: „Ach, das trifft sich ja gut. Ich hab da nämlich mal eine Frage …"

Die natürlichen Vorgesetzten des Lehrers:
SCHÜLER

Gnadenlos individuell: Versuch einer Schülertypologie

Schüler sind ausgesprochene Individualisten, deshalb ist es nahezu unmöglich, eine fundierte Schülertypologie zu erstellen. Denn Schüler tragen die unterschiedlichsten Zahnspangen, ihre Sweatshirts stammen von bis zu drei verschiedenen Herstellern, ihre Baggys aus den unterschiedlichsten US-Bundesstrafanstalten, ihre Sneakers sind zwar alle von der gleichen Firma, es gibt sie aber in vier verschiedenen, wirklich sehr unterschiedlichen Farben, ihre Frisuren … Ach, lassen wir das. Kommen wir lieber zum Musikgeschmack: Die Sängerinnen und Sänger sind, was ihr Outfit anbelangt, mindestens so individuell wie ihre Hörerinnen und Hörer. Ursache und Wirkung lassen sich hier nicht mehr unterscheiden – aber dafür liegen sie musikalisch komplett auf einer Linie, was Musikwissenschaftler nämlich bereits seit Langem erwarten, kurz vor der Entdeckung der Subdominante.

Böse Menschen behaupten, das sei schon immer so gewesen. Und was soll man sagen? Auch böse Menschen haben manchmal recht. Zusätzlich erschwert wird die Sache dadurch, dass Schüler älter werden. Bei Schülern nennt man das „reifer“. (Reife ist übrigens das Stadium, bevor etwas faul wird.) Im Laufe dieses Reifeprozesses wechseln sie unter Umständen noch mal Labels, selten, sehr selten sogar den Musikgeschmack.

'or Jahren gab es Mädchen, die dieses Stadium der zweiten 'erpuppung übersprangen und den Fummel aus ihren Kinder-agen einfach weitertrugen. Sie gelten heute aufgrund des atürlichen Längenwachstums auch als die Erfinderinnen der auchfreien Mode. Einer glücklicherweise vorübergehenden :ntgleisung, die sich, aus Sicht der männlichen Lehrer, im ;renzgebiet zwischen asexueller Belästigung und sexueller 3elustigung bewegte.

\n eine phänomenologische Typologie ist also gar nicht zu enken, allenfalls lässt sich eine grobe Katalogisierung bezüg-ch des Verhaltens im Unterricht erstellen – und diese auch nur ir bestimmte Mutationsphasen. Am ergiebigsten ist hierbei ie Phase zwischen sexueller Groborientierung und der im :ndstadium der Schullaufbahn einsetzenden Agonie: der obe-en Mittelstufe.

yp A

)er WISE GUY ist überwiegend männlich, sitzt vorne in der Mit-e und verwendet den größten Teil seiner Energie darauf, dem ehrer Fehler nachzuweisen. Er recherchiert zu Hause akribisch)etails des Lehrstoffs, die der Lehrer aus didaktischen Gründen ınd durchaus im Interesse der Schüler) gerne vereinfachen der weglassen würde. Im entscheidenden Moment dann, kurz or der Zusammenfassung, zettelt er mit seinem neu erworbe-en Wissen endlose Diskussionen über völlig unwichtige Ne-ensächlichkeiten mit dem Lehrer an. Da diese Diskussionen für die Klasse nicht nur verwirrend, sondern auch langweilig sind ist Typ A bei seinen Mitschülern – außer bei Typ B – nicht sehr beliebt. In schriftlichen Prüfungen beharrt Typ A auf seinem Detailwissen und liegt deshalb häufig daneben. Daraufhin schickt er seinen Vater wikipediabewaffnet in die Sprechstunde.

Tipp für Lehrer:
Merke: Glaubt der Vater an Vererbung, ist der Sohn in jedem Fall intelligent!

Typ B

Von der ZICKE kennt der Lehrer im Allgemeinen nur die Rückenansicht – eventuell noch das Profil. Sie sitzt im Unterricht mit ihren Freundinnen im Halbkreis und bespricht lebensnotwendige Dinge wie die Gestaltung des Nachmittags oder Kleidungs- und Frisurfragen. Dabei ist sie bestens ausgerüstet mit Sekundärliteratur wie „Girl!“ oder „InTouch“, die sie großzügig unter den Freundinnen verteilt, damit man gleich an Ort und Stelle die aktuellen Trends diskutieren kann.
Kurz: Typ B weiß sich zu beschäftigen, ist sozial vorbildlich engagiert, kommunikativ und interessiert sich für alles außer für den Unterricht.

Tipp für Lehrer:
Es bringt für die Teilnahme am Unterricht nichts, ZICKEN auseinanderzusetzen, also im Raum gleichmäßig zu verteilen. Das erhöht nur deren SMS-Kosten.

Typ C

COOL AND HIS GANG ist in gewisser Weise die männliche Variante der ZICKE: Eine Männerrunde in einer halb liegenden Körperhaltung, die sich nach den Newton'schen Gravitationsgesetzen eigentlich nicht erklären lässt. Typ C ist der letzte Nachkomme der Null-Bock-Generation. Die Typ-C-Mafia führt pausenlos halblaute Gespräche, deren Unterrichtsbezug nicht erkennbar und wohl auch kaum belegbar ist. Fragt der Lehrer, was sie da bespricht, ist die Antwort: „Nix!“ Kritisiert der Lehrer die Knappheit dieser Auskunft, lässt man sich zu einem „Wir haben jedenfalls nicht mit Ihnen gesprochen“ herab. Das muss als Information reichen.

Wie auch immer: Die Stimmung in diesem Sektor (ganz hinten, diagonal zum Lehrerpult) ist durchgängig gut. Es wäre also völlig falsch, dieses funktionierende Biotop zu stören. Denn was will man als Lehrer mehr als zufriedene Schüler?!

Typ D

Wenn der ZERSTÖRER mit einem klassischen „Ich hab da mal 'ne Frage!“ die Partie eröffnet, weiß der erfahrene Lehrer, dass die Stunde praktisch gelaufen ist. Er könnte jetzt genauso gut die restliche Klasse nach Hause schicken. Und das ist meist auch Sinn der Übung. Der Zerstörer handelt nämlich häufig im Auftrag unvorbereiteter Mitschüler, die so der schmerzhaften Prozedur des Abfragens (vulgo: Rechenschaftsablage) entgehen möchten und sich deshalb den Notfalleinsatz durchaus etwas kosten lassen.

Vom WISE GUY unterscheidet sich der ZERSTÖRER im Wesentlichen dadurch, dass er tatsächlich keine Ahnung hat. Und deshalb in der Lage ist, unglaublich dämliche Fragen zu stellen, die beim unerfahrenen Lehrer erhebliche Zweifel an seinen eigenen didaktischen Fähigkeiten verursachen. Würgt er wegen seiner Selbstzweifel oder gar aus pädagogischen Gründen derartige Fragen nicht sofort ab („Das haben wir längst besprochen, du musst besser aufpassen!“), führen diese Fragen und Nachfragen immer tiefer ins didaktische Unterholz und ruinieren jeden noch so gut vorbereiteten Unterricht. Die Klasse, die die Methode längst durchschaut beziehungsweise sogar gezielt eingesetzt hat, genießt diese uferlose Tour d’Horizon und wiegt sich zu Recht in Sicherheit.

Tipp für Lehrer:
Sollten Sie für die Stunde eine größere Abfrageaktion (Schülerjargon: Razzia) geplant haben, schicken Sie den ZERSTÖRER vor Stundenbeginn weg, zum Beispiel mit dem beliebten Auftrag, beim Systemadministrator ein drei Meter langes WLAN-Kabel zu besorgen.

Angeblich gibt es noch ...

... Typ E

Seine Existenz ist umstritten, dem Lehrer wird sie unter Umständen erst beim Abfassen des Zeugnisses so richtig bewusst. Die GRAUE EMINENZ sitzt nämlich auf dem strategisch

Sie sollten sich langsam mal entscheiden.
Gestern haben Sie erzählt, dass 9×4 = 36 ist,
und jetzt behaupten Sie plötzlich, 3×12 ist 36.

günstigsten Platz des Klassenzimmers: ganz vorne außen, au der Seite des Lehrerpults. Dieser Platz ist für den Lehrer, dessen Aufmerksamkeit größtenteils vom Sektor C in Anspruch genommen wird, praktisch uneinsehbar.

Tipp für Schüler des E-Typs:
Verzichtest du auf das Abgeben von Klassenarbeiten, kannst du deine Entdeckung bis zum Zeugnistermin aufschieben.

Was Typ E auf diesem – von erfahrenen Schülern heiß umkämpften – Platz während des Unterrichts treibt, ist weitgehend unbekannt. Erst beim Korrigieren von Klassenarbeiten merkt der Lehrer, dass da irgendwo noch jemand gewesen sein muss.

Tipp für Lehrer:
Setzen Sie auf diesen Platz den ZERSTÖRER, dann schlagen Sie zwei Fliegen mit einer Klappe.

Der ganz normale Wahnsinn: Schulalltag

Zweifellos wächst die körperlich-mentale Belastung des Schülers mit zunehmendem Alter ins Unerträgliche, weshalb hier die älteren Jahrgänge im Mittelpunkt stehen sollen. Wir sprechen also von Schülern, die dem Stress des täglichen Schulbusterrors bereits entwachsen sind und den Individualschulweg bevorzugen. Allerdings kommen auch nur noch wenige von ihnen mit dem Fahrrad, hauptsächlich deshalb, weil die Fahrradständer bis zu 50 Meter vom Eingang der Schule entfernt liegen, was einen unzumutbaren Fußmarsch verlangt. Und die naheliegende Lösung, das Fahrrad direkt an die Eingangstür zu ketten, wird regelmäßig von bornierten, frühauf- aber uneinsichtigen Lehrern abgelehnt.

Man muss also ausweichen und zwar auf das Auto, was zwangsläufig zu Verspätungen führt, weil der Parkplatz – euphemistisch „Lehrerparkplatz" genannt – erst lange nach Unterrichtsbeginn frei wird. Das liegt daran, dass jüngere Schüler sich gerne von ihren Eltern mit dem Auto transportieren lassen und so der Parkplatz bis Viertel nach acht mit einer komplizierten Choreographie von Wendemanövern nachhaltig blockiert ist. Die meisten Lehrer haben schon längst aufgegeben und parken auf der Straße.

Elterntipp: Packen Sie die Schultasche grundsätzlich in den Kofferraum. Halten Sie dann in der Einfahrt zum Parkplatz, und achten Sie sorgfältig darauf, dass Ihr Kind alles dabeihat: Pausenbrot, Turnbeutel, Handy, Gameboy. Lassen Sie sich das sicherheitshalber alles noch mal zeigen. Dann – ach, ja, Küsschen – fahren Sie in den Parkplatz zum Wenden.

Man „kommt" also „zu spät", eine Formulierung, die dem Schüler vorbehalten ist, während das inhaltlich identische, aber eindrucksvollere „Ich wurde aufgehalten!" nur für Lehrer gilt.

Tipp für Schüler:
Eine Unterrichtsstunde, in der du die didaktische Initialzündung (also die methodische Exposition der Stundenplanung mit dem entscheidenden, motivatorischen Impuls – kurz: den Anfang) nicht mitbekommst, ist praktisch vergeudete Zeit. In diesem Fall solltest du, so schwer es auch fällt, auf die Kernphase ganz verzichten und dich auf die Vorbereitung der nächsten Stunde konzentrieren: zum Beispiel herausfinden, wo sie stattfindet, welches Fach dran ist und andere wichtige Details.

Der Laie könnte nun glauben, mit der zweiten Stunde sei der Stress endlich vorbei. Und ab jetzt beginne der geruhsame, gleichzeitig intellektuell anregende Schulalltag. Weit gefehlt. Jetzt wird es erst richtig heftig.

Grundsätzlich gibt es für den Schüler drei unterschiedliche Unterrichtssituationen ...

1. Die Kontemplation: Ein Mitschüler wird abgefragt.
2. Die Irritation: Man wird vom Lehrer mit Fragen belästigt.
3. Die Konzentration: Man versenkt sich so intensiv in die Materie, dass man alles um sich herum vergisst.

Diese zuletzt genannte Unterrichtssituation ist nicht unproblematisch, denn hebt man nach einer Phase tiefster Konzentration den Blick, steht da ein Lehrer, von dem man nicht sicher weiß, ob er vorher auch schon da stand – oder war es vielleicht doch ein anderer?! Dann versucht man krampfhaft anhand des Stundenplans herauszufinden, welches Fach er unterrichten könnte, was aber auch nicht weiterhilft, weil man sich ja nicht mehr daran erinnert, wann man in die Konzentrationsphase gewechselt hat. Das Tafelbild gibt ebenfalls keine Auskunft, denn es wächst seit Wochen: Jeder Lehrer trägt etwas Neues dazu bei, man kann es längst nicht mehr einem bestimmten Fach zuordnen, ja nicht einmal einer bestimmten Klasse. Dennoch fotografiert man es sicherheitshalber mit dem Handy.

Endgültig verunsichert wird man durch die Behauptung des Lehrers auf eine inhaltliche Zwischenfrage eines Mitschülers: „Der betreffende Sachverhalt wurde gestern ausführlich behandelt." Das würde ja bedeuten, dass dieser Lehrer gestern schon mal da gewesen sein müsste, woran man sich aber nun wirklich gar nicht mehr erinnern kann. Gestern liegt nämlich lernpsychologisch gesehen exakt zwischen Kurz- und Langzeitgedächtnis. (Man weiß heute, dass das Kurzzeitgedächtnis nach sechs Minuten endet, das Langzeitgedächtnis allerdings erst nach dem Abitur beginnt. „Gestern" ist also ein mnemotechnisches Bermudadreieck.) Sicherheitshalber wird also auch der Lehrer fotografiert – vielleicht ist er ja auf älteren Aufnahmen zu sehen.

Merkt oder notiert sich gar der Schüler in dieser ungeklärten Situation die Ausführungen des Lehrers, führt dies natürlich zu einem absolut diffusen Lernergebnis. Er weiß ja gar nicht, welchem Fach er diese Erkenntnisse überhaupt zuordnen soll ...

Dieser psychische Stress wird nicht selten durch physische Belastungen zusätzlich verschärft: den Raumwechsel. Abhilfe schafft hier das praktische Restless-Legs-Syndrom, unter dem vor allem Schüler gerne leiden. Mithilfe dieser unbewussten Fußbewegungen im Schlaf wechselt der Schüler – ohne dass er es selbst bemerkt – völlig stressfrei mitten in der Konzentrationsphase den Unterrichtsraum.

Tipp für Lehrer:
Wecken Sie einen Schüler in dieser Situation unter gar keinen Umständen auf. Er würde völlig orientierungslos stehen bleiben.

Reif für die Insel: die Freistunde

Das Verhältnis zwischen Unterricht und Pausen ist aus arbeitsrechtlicher Sicht sicherlich nicht befriedigend: Ein bis zwei kurze Pausen am Vormittag sowie eine einstündige Mittagspause stehen einer Unterrichtszeit von bis zu acht Stunden gegenüber. Das kann nicht gesund sein. Abhilfe schaffen hier die so genannten Freistunden.

Die Freistunde

Diese zweifellos sympathischen Lücken (von Schülern deshalb auch gerne „Inseln“ genannt) entstehen aus den verschiedensten Gründen:

1. Weil sie sich organisatorisch bei der Festlegung des Stundenplans ergeben.
2. Weil ein Lehrer erkrankt oder aus sonstigen Gründen verhindert ist.
3. Weil der Schüler findet, dass jetzt eine Freistunde angebracht wäre.

Jüngere Schüler kommen nicht in den Genuss von Freistunden, außer im zweiten Fall – und das auch nur, wenn ein Kollege vom Typ A zur Vertretung eingeteilt ist (siehe dort). Punkt eins verhindert die Schulleitung durch geschickte Planung. Und Punkt drei ist zwar theoretisch möglich, führt aber in der Praxis zu erheblichen Komplikationen, da diese Schüler noch nicht volljährig und deshalb bei dieser Form der Arbeitszeitgestaltung gänzlich auf die Mitwirkung ihrer Eltern angewiesen sind.

Elterntipp: Bewährte Formulierung: „Mein Kind konnte gestern nicht an Ihrem Unterricht teilnehmen, weil es vergessen hatte, dass in der dritten Stunde Unterricht stattfindet.“

Aus Sicht der Schulleitung ist die Freistunde für die älter Schüler eine Zwischenstunde, die dem Lernen und der Unter richtsvorbereitung dient. Zu diesem Zweck stellt sie den Schü lern einen Raum zur Verfügung. Damit sich dieser auch wirklic zum Lernen und zur Unterrichtsvorbereitung eignet, nehme die Schüler seine innenarchitektonische Gestaltung gerne sel ber in die Hände.

Unter ungewohnter, weil erheblicher Kraftanstrengung schlep pen sie die (hoffentlich) ausrangierten Polstermöbel aus ihre Elternhäusern heran – selbst manche Kollegen sind diesbe züglich gern zu einer Spende bereit, sparen sie sich doch di Sperrmüllkosten. Die Schüler entwenden zu Hause Kaffee maschinen, Mikrowellen sowie Stereoanlagen und sorgen da mit für ein erquickliches Arbeitsklima. Dieses ist häufig s außerordentlich positiv, dass Schüler an diesem Tag vollstän dig auf weiteren Unterrichtsbesuch verzichten – sie widme sich ganz dem Lernen und der Unterrichtsvorbereitung. Ein gewisse Rolle spielen bei dieser Entscheidungsfindung siche auch die Polstermöbel, die ein wesentlich konzentrierteres Ar beiten ermöglichen als herkömmliche Schulbänke.

Man stelle sich die enorme Unterrichtseffektivität vor, die sic allein dadurch erreichen ließe, wenn man die Einrichtung de Klassenzimmer grundsätzlich den Schülern überlassen würde Sie würden wohl gar nicht mehr weggehen wollen aus ihrem Lernbiotop.

Eine Hand wäscht die andere: die Lehrprobe

Eine der seltenen Gelegenheiten, bei der Lehrer (in diesem Fall ein Referendar) auf die Zusammenarbeit und damit den Goodwill des Schülers angewiesen sind, ist die Lehrprobe: Hier wohnen Fachbetreuer, Schulleiter und Seminarlehrer einer Unterrichtsstunde bei. Aufmerksame Schüler ahnen schon Wochen vorher, dass eine solche Lehrprobe ins Haus steht – der Referendar hält nämlich immer wieder die gleiche Unterrichtsstunde mit nur minimalen Abweichungen. Normale Schüler bemerken solche Repetitionen nicht, sondern sind nur überrascht, dass sie gelegentlich die Fragen des Lehrers richtig beantworten können. Bis zu dem Tag, an dem der Referendar den Schülern schließlich gesteht, dass morgen die Lehrprobe stattfindet, steht die didaktische Choreographie bis ins Detail.

Tipp für Schüler:
Spätestens jetzt ist der Moment gekommen, an dem du verhandeln solltest, wie die Gegenleistungen für begeisterte Mitarbeit, pünktliches Erscheinen etc. aussehen. Ein Besuch der Eisdiele – beziehungsweise altersabhängig der eines Biergartens – auf Kosten des Lehrers ist das Minimalgebot. Geschickte Verhandlungsführer bringen hier zum Beispiel auch Mitarbeitsnoten oder die Anzahl von Stegreifaufgaben zur Sprache.

Eine Hand wäscht die andere: die Lehrprobe

Den Nachmittag vor der Lehrprobe verbringt der Lehrer damit das Klasszimmer aufzuräumen, die übelsten Graffitis von der Schulbänken zu schmirgeln (bis auf eine, siehe unten), den Kompost in den Ablagefächern zu entsorgen, die Tafel zu putzen .. kurz: das Zimmer in einen begehbaren Zustand zu versetzen.

Tipp für Referendare:
Übertreiben Sie hierbei nicht. Ein perfekt aufgeräumtes Klasszimmer erweckt Misstrauen. Schulleiter und Seminarlehrer kennen den Normalzustand.

Am Tag der Lehrprobe läuft fast alles nach Plan. Leider ist ein Schüler krank, wodurch das Unterrichtsgespräch kurz stockt – kein anderer Schüler kann „diese“ Frage beantworten. Der Hinweis eines anderen Schülers „Das hat immer der XY beantwortet!“ entschärft die Situation nicht wirklich, der Lehrer muss improvisieren, was ihm durchaus Pluspunkte einbringt, weil die Prüfer den Sachverhalt selbstverständlich durchschauen.

Tipp für Referendare:
Weisen Sie ganz nebenbei einen Schüler wegen der Schmierereien auf der Schulbank zurecht, das macht immer einen guten Eindruck: Sie nehmen offensichtlich Ihre erzieherischen Aufgaben ernst. Klären Sie dies unbedingt vorher mit dem Schüler, damit dieser sich nicht mit „Aber alle anderen Bänke haben Sie gestern abgeschmirgelt!“ verteidigt.

LEHRER SAGT:

„Kinder, lest euch bis morgen mal Seite 17 mit 43 durch, dann habt ihr das, was wir heute besprochen haben, noch mal schriftlich.“

LEHRER DENKT:

Die werden sich morgen wundern.

SCHÜLER DENKT:

Klingt verdammt nach Stegreifaufgabe. Ist wohl besser, ich bleib morgen zu Hause.

SCHÜLER SAGT:

„Ist gar nicht nötig. Bei Ihrem Unterricht versteht man alles sofort.“

LEHRER SAGT:

„Wir machen heute fünf Minuten früher Schluss, weil ich vor 13 Uhr noch etwas Dienstliches erledigen muss.“

LEHRER DENKT:

Dann schaffe ich es noch in die Mensa, bevor der große Andrang einsetzt. (Das denken allerdings alle Lehrer!)

SCHÜLER DENKT:

Wenn ich schnell abhaue, bin ich vor ihm in der Mensa.

SCHÜLER SAGT:

„Sie sind wirklich zu bedauern, selbst in der Mittagspause sind Sie noch im Dienst.“

LEHRER SAGT:

„Was haltet ihr davon, am Wandertag ins Naturkundemuseum zu gehen. Da ist eine sehr interessante Ausstellung über Versteinerungen aus dem Paläozoikum …“

LEHRER DENK

... und eine gemütliche Cafeteria, in der es ein gutes Frühstüc gibt, während ihr euch den alten Krempel anschaut. Da geht de Vormittag stressfrei vorbe

SCHÜLER DENKT:

Wie oft haben wir jetzt eigentlich diesen alten Krempel schon angeschaut? Aber kein Problem, gleich neben dem Hinterausgang is eine Spielhalle und daneben der Pizza Hut. Da geht der Vormittag stressfrei vorbei.

SCHÜLER SAG

„Oh, das Naturkundemuseum. Da waren wir ja noch nie. Und e gibt auch nichts Interessanteres als Versteinerungen. Waren Si eigentlich schon mal dort ...?“ (denkt nach) „... vielleicht al Präparat?

Regelmäßige
Kulturelle
Veranstaltungen

Marodierende Kohorten: der Wandertag

„Sie trugen seltsame Gewänder und irrten durch das Land, ohne zu wissen, wo ihr Ziel zu finden sei."

(Altes Testament, Buch Exodus)

Zweifellos belegt diese Bibelstelle, dass der Wandertag zu den ältesten kulturellen Schulveranstaltungen zählt. Bis heute verteidigt er hartnäckig seinen Platz im Repertoire der unterrichtsverschärfenden Maßnahmen, was vermutlich daran liegt, dass die Bildungsministerien seine Existenz längst vergessen und deshalb versäumt haben, ihn abzuschaffen. Der Wandertag befindet sich quasi seit 60 Jahren in einer bildungspolitischen Errorphase (siehe Seite 27). Damals war er zwar auch nicht sinnvoll, aber zumindest erklärbar: Man wollte, so mitten im Kalten Krieg, die Jugend wieder fit für längere Fußmärsche machen. Stalingrad war nicht vergessen – die Schultasche nannte man seinerzeit noch Tornister. Napoleon hätte seine Freude daran gehabt. Doch auch diesmal ging der Schuss nach hinten los: Genau diese Tagesmärsche von mindestens 25 Kilometern beim Wandertag waren es, die die 68er in den Pazifismus trieben.

Derzeit hat der Wandertag keine militärische Bedeutung mehr – er könnte jederzeit durch eine einzige Kurzstreckenrakete ersetzt werden. Aber er findet statt. Jüngere Schüler, die noch gut zu Fuß sind, wandern tatsächlich: Nämlich die gesamte Strecke von der Schule bis zur S- oder U-Bahn – also nahezu 800 Meter. Ältere Schüler, die solche Entfernungen rein motivationstechnisch, geschweige denn körperlich nicht mehr schaffen, bestellen sich einen Omnibus direkt vor die Schultür.

Natürlich wird schon Wochen vorher in zahlreichen Unterrichtsstunden ausführlich das Ziel diskutiert. Das ist nicht einfach, denn die Schulleitung erwartet, wenn nicht gewandert, dass zumindest ein kulturell wertvolles Ziel ausgewählt wird. In den älteren Jahrgängen einigt man sich schließlich nach heftigen Diskussionen wie jedes Jahr auf den nahe gelegenen Klosterbiergarten.

Die Hinfahrt mit dem Omnibus geht zügig vonstatten. Debattiert wird lediglich, welche der endsgeilen CDs, mit denen man sich für die Fahrt eingedeckt hat, gespielt werden soll. Schließlich droht der Fahrer mit einer Kuschelrock-CD, die bei der letzten Kaffeefahrt übrig geblieben ist. Daraufhin einigt man sich schnell auf Bushido.
Angekommen, organisiert die Lehrkraft umgehend eine Führung durch das Kloster, das im 15. Jahrhundert an den Biergarten angebaut wurde. Sie bleibt aber bei der Besichtigung alleine, weil die Schüler sich bereits im Biergarten verteilt haben.

Die Rückfahrt dauert etwas länger, da der Omnibus alle zehn Minuten stehen bleiben muss, damit sich ein Teil der Mann-

Von Paukern, die nur eine halbe Stelle haben, brauchen wir uns auch nur halb so viel gefallen zu lassen.
TRAUSCHENBACH 01

chaft – gezeichnet von der Gesichtsfarbe Leberkäsmetallic – och mal den Wurstsalat und die drei Maß Bier in Ruhe durch en Kopf gehen lassen kann.

ei jüngeren Schülern treten derartige Verzögerungen bereits ei der Hinfahrt auf, weil die Kleinen diesen umfangreichen roviant, den ihnen ihre verantwortungsbewussten Mütter einepackt haben (und der locker bis Stalingrad gereicht hätte), ofort an Ort und Stelle entsorgen. Die einen, indem sie das tsächlich essen. Und zwar alles und zwar sofort! Ergebnis: ehe oben unter Rückfahrt.
ie anderen beseitigen ihre fantasievollen Pausenbrote etwas ozial verträglicher – nämlich genauso wie in der Schule. Problem dabei: Im Omnibus gibt es keine Schulbank mit einem Komostfach unter der Schreibfläche. Da ist Kreativität gefragt! emmeln, Brote etc. kann man mithilfe mayonnaisegetränkter alatblätter komplett zwischen die Sitze massieren, Karotten ssen sich an der Kante der Aschenbecher restlos zerraspeln, urken- und Wurstscheiben kleben mit Ketchup zuverlässig an en Fenstern. Das Ergebnis ist eine höchst interessante Kombiation aus „Jugend forscht“ und „Essen auf Rädern“.

größeren Städten bieten sich natürlich auch andere interssante Transportvarianten an: die S- und U-Bahn. Allein die 00 Meter vom Schulhaus bis zum Bahnhof in einer halben tunde zurückzulegen, stellt eine echte Zerreißprobe dar. Im uchstäblichen Sinne, denn die Klasse bewegt sich immer weiter auseinander. Das verzweifelte Kommando der Lehrkra „Aufschließen! Nicht trödeln!" geht total unter, weil die Schüle die Ohrstöpsel ihrer iPods eingeschraubt haben und außer Lad Gaga gar nichts hören. Also lässt sich der Lehrer zurückfaller um hinten Tempo zu machen. Und schon bleibt die Avantgard stehen. Ratlos. Orientierungslos. Wo könnte der Bahnhof sein Gestern war er dort drüben. Wo mag er bloß heute stehen?

**Tipp für die gesamte Bevölkerung: Die Warnungen im Verkehrsfunk bezüglich des Wandertags werden häufig missverstanden. Gemeint ist nicht, dass Sie auf die Schüler achten sollen. Nein, es sind Warnungen VOR DEN SCHÜLERN! Also, bleiben Sie zu Hause, schließen Sie Türen und Fenster, nehmen Sie die Wäsche von der Leine und informieren Sie gegebenenfalls Nachbarn, die der deutschen Sprache nicht mächtig sind: Marodierende Kohorten sind auf den Straßen und in den öffentlichen Verkehrsmitteln zugange.

Am Bahnhof ist dann die Hölle los, weil alle Schulen der Um gebung heute Wandertag haben. Rührende Abschiedsszene spielen sich unter den Schülern verschiedener Klassen, abe auch der gleichen Klasse ab. Es geht zu wie auf einem Truppen transport – vielleicht sieht man sich ja nie wieder! Diese Befürch tung ist nicht aus der Luft gegriffen, denn sobald die letzten hin ten das Schulhaus verlassen, steigen die ersten vorne schon i die Bahn ein und sind weg. Es ist glaubhaft überliefert, dass sic

Klassen beim Wandertag auf vier S-Bahnen verteilt haben, wobei die erste Gruppe bereits auf dem Heimweg war. Am nächsten Tag in der Schule vergehen dann noch mal mehrere Unterrichtsstunden, bis jeder Schüler erzählt hat, wo er wirklich gewesen ist. Jedenfalls die, die schon zurück sind.

Tipp für Schulleiter:
Die Gleichzeitigkeit der Wandertage an allen Schulen der Umgebung führt – vor allem während der Stoßzeiten – zu Staus in den öffentlichen Verkehrsmitteln und stößt deshalb bei der Bevölkerung gemeinhin auf Unverständnis. Abhilfe wäre leicht zu organisieren: Versuchen Sie, sich mit den Schulleitern sämtlicher Nachbarschulen auf einen gemeinsamen Termin zu einigen. Das Ergebnis wäre, dass sich die Wandertage auf alle Fälle über einen Zeitraum von mindestens vier Wochen verteilen.

Aber nicht nur die Jugend forscht, sondern auch die Lehrer. Eine zuverlässige Methode, die Klassen zusammenzuhalten, brachte jüngst ein Studie zum Thema Wandertag hervor – sie sei allen Kollegen empfohlen: Schüler stecken sich, sobald es losgeht, automatisch die Stöpsel ihres iPods in die Ohren und zwar immer paarweise, so dass zwei Schüler an einem iPod hängen. Nun muss man den Schülern nur noch erklären, dass man doppelt so viel Musik hört, wenn das freie Ohr mit dem iPod-Stöpsel eines anderen Schülers verstopft ist. Und schon hat man die ganze Klasse auf engstem Raum beieinander. Man braucht sich vorne nur noch den freien Ohrhörer zu greifen, sofort hat man alles unter Kontrolle und zeigt den Schülern, „wo ihr Ziel zu finden sei!“.

Tipp für Lehrer:
Behalten Sie bei dieser Methode immer das freie Ende (loser Ohrstöpsel des letzten Schülers) im Auge.
Es gibt faule Kollegen, die versuchen, dort unauffällig ihre Klasse anzudocken.

Die Hoffnung stirbt zuletzt: der Feueralarm

„(…) Und auf einmal welch Gewühle
Bei der Brücke, nach dem Feld!
Horch! das Feuerglöcklein gellt:“

(Eduard Mörike, „Der Feuerreiter“)

Der Feueralarm gehört zu den regelmäßigen kulturellen Ereignissen im Schulbetrieb, die im Laufe der Jahre in der Gunst der Schüler immer weiter sinken. Für die Jüngeren hingegen ist er eine willkommene Abwechslung zur lähmenden Statik des Unterrichts, die ihrem vorpubertär-natürlichen Bewegungsdrang entspricht. Dazu die latente Hoffnung, es könnte vielleicht doch nicht nur ein Probealarm sein …

ie hat der reife Zehnt- und Mehrklässler längst aufgegeben. Er
mpfindet den Sirenenton als lästige Störung, die ihn aus der
efsten Konzentrationsphase des Unterrichts (siehe Seite 54/55)
ochschrecken lässt: Was, schon wieder ein Jahr um? Muss das
tzt sein? Gerade jetzt, wo wir so weit vom Ausgang entfernt
ind?! Nächste Stunde hätten wir Sport, da wären wir bereits
raußen ... „Könnten wir die Flucht nicht um eine Stunde ver-
chieben?“ Besteht der Lehrer jedoch auf der sofortigen, quasi
berstürzten Evakuierung, beginnt der Schüler widerwillig, aber
kribisch mit der Fluchtvorbereitung. Er sucht seine Schuhe,
ackt das Nötigste zusammen – Proviant, Getränke –, schreibt
ine letzte SMS an die Liebsten zu Hause, studiert den Flucht-
lan und diskutiert günstigere Alternativen mit dem Lehrer.

ann ein vorsichtiger Blick auf den Gang. Vorsichtig nicht aus
ngst vor einem eventuellen Feuer (die Hoffnung stirbt zuletzt),
ondern wegen der möglicherweise den Gang entlangdon-
ernden Stampede-Kids. Da man aber die Flucht so sorgfältig
nd umsichtig organisiert hat – alles andere wäre in dieser Si-
uation schließlich lebensgefährlich –, sind die Kleinen längst
ußer Haus. Von dieser Seite droht also keine Gefahr.

chließlich der Exodus. Da sich die Fluchtpfeile permanent
idersprechen, kommt man weit im Schulhaus herum ... man
ennt sich in Zweifelsfällen, trifft sich aber bald wieder, zwi-
chendurch ein kurzer Boxenstopp an der Toilette – ein Mini-
um an Rauchentwicklung kann man von so einem Feuer-

alarm doch erwarten – und schon sieht man den rettenden Ausgang! Da plötzlich …

„Volk und Wagen im Gewühle
Kehren heim von all dem Graus;
Auch das Glöcklein klinget aus."

(Eduard Mörike, „Der Feuerreiter")

… ein Unterstufentsunami, der alles unter sich begräbt, was sich nicht schnellstens in einen Türrahmen oder auf einen Heizkörper retten kann. Die Zahl der beim Zurückkommen verletzten Schüler übersteigt nach langjährigen statistischen Erhebungen bei Weitem die Zahl der durch Feuer oder Rauch Geschädigten. (Die Rauchentwicklung auf den Toiletten nicht mitgerechnet.)

Da liegt es auf der Hand, dass der Sicherheitsbeauftragte der Schule (siehe Seite 73) mit dem Ablauf des Probealarms unzufrieden ist, weshalb er sich seit Jahren bemüht, ihn realistischer zu gestalten. Unter massivem Einsatz pyrotechnischer Artikel täuscht er einen Brandherd vor, der fatalerweise Schüler und Lehrer zwingt, den vorgeschriebenen Fluchtweg zu modifizieren. Das wiederum ist nicht ungefährlich, weil der beamtete Lehrer dafür erst die Erlaubnis der Schulleitung einholt …
Allerdings gewinnt so ein Probealarm einen nicht zu verachtenden Unterhaltungswert, vor allem wenn er – was auch schon vorgekommen ist – durch die pyrotechnische Anreicherung

um Ernstfall eskaliert. Und sobald die Sprinkleranlage ausgeöst wird, genießen (vor allem in den heißen Sommermonaten) elbst die älteren Schüler den Probealarm wieder mit der gleichen Begeisterung wie in jungen Jahren. Für einige Stunden ühlen sie sich in ihre unbeschwerte Kindheit zurückversetzt – dem Sicherheitsbeauftragten sei Dank!

Der Sicherheitsbeauftragte ...

.. erhält seine Kompetenz allein dadurch, dass er zum Sicherheitsbeauftragten ernannt wird. Das Verfahren entspricht dem der Ernennung von Schulleitern, Ministerialräten, Kultusministern etc.

Seine Aufgaben sind:

1. Die Fluchtwegweiser, die eigenartigerweise nach jedem Schulfest alle in Richtung Direktorat zeigen, regelmäßig zu kontrollieren und alle – wirklich alle – wieder an die richtigen Stellen zu kleben.
2. Das feuerpolizeilich untersagte Schneeballwerfen auf dem Pausenhof zu unterbinden.
3. Den regelmäßig stattfindenden Probealarm realistisch, unterhaltsam, kurz: effektiv zu gestalten.
4. Anschließend die Sprinkleranlage wieder aufzufüllen.
5. Täglich in den Toiletten die verschwundenen Batterien der Rauchmelder zu erneuern.

Olympische Spiele für Anfänger: das Sportfest

Gegenüber den übrigen kulturellen Veranstaltungen an de Schule zeichnet sich das Sportfest dadurch aus, dass dabe die gesamte Schule – also Schüler, Lehrer, Sekretariat und Bausubstanz – involviert sind.

Es beginnt Tage vorher mit einer „kurzen" Lehrerkonferenz, ir welcher der Fachbereichsleiter Sport den Ablauf ausführlich aber so chaotisch erklärt, dass man sich immer wieder fragt warum es trotzdem jedes Jahr funktioniert. Dies tut es haupt sächlich deshalb, weil immer die gleichen Pannen passieren an die sich das Kollegium längst gewöhnt hat. Nur Neulinge fragen nervös nach und rechnen mit dem Schlimmsten, was ja auch regelmäßig eintritt. Schüler und Eltern werden über die geplante Veranstaltung in einem Elternbrief informiert.

Elternbriefe ...

... sind wichtige Rundschreiben, die innerhalb einer Woche unterschrieben beim Klassenleiter abzugeben sind. Deshalb entdecken die Schüler am Schuljahresanfang in den Tiefen ihrer Schultasche (soweit sie über eine solche verfügen) davon meist eine größere Menge aus dem letzten Schuljahr und entsorgen sie en bloc.

In diesem Elternbrief findet sich der höchst interpretationsbedürftige Satz „Bei schlechtem Wetter findet normaler Unterricht statt". Hierzu ist festzustellen, dass man als meteorologischer Laie immer wieder verblüfft ist, wie viele unterschiedlichste Wetterlagen im relativ beschränkten Einzugsgebiet einer Schule möglich sind. „Bei uns zu Hause hat es um halb acht geschüttet wie aus Eimern", versichern Schüler glaubhaft, die nur hundert Meter von der Schule entfernt wohnen. „Ehrlich!"

Für den unerfahrenen Schüler bedeutet die Drohung mit wetterbedingtem Unterricht, dass er sicherheitshalber die Schultasche zu Hause lässt. Der fortgeschrittene hat bereits ein höheres Sicherheitsbedürfnis: Er nimmt auch die Sportkleidung nicht mit. Und Schüler, die das höchste Stressvermeidungsstadium erreicht haben, bleiben an diesem Tag sowieso zu Hause.

Am Tag X läuft dann alles nach „Plan": Die Mädchen ziehen sich im Klassenzimmer um, wobei der Lehrer die Aufgabe hat, die Jungen vom Schlüsselloch fernzuhalten. Schließlich sammelt er die Wertsachen ein, die laut Anweisung im versperrten Klassenzimmer deponiert werden sollen. Sämtliche Wertsachen, das heißt, ein einziges Mädchen gibt sein Handy ab – es hat nämlich zwei. Anschließend kontrolliert der Lehrer, dass kein Schüler die verbotenen Energydrinks dabeihat, und wundert sich über die seltsame Färbung („Ehrlich!") von so manchem Mineralwasser.

Nun kann es losgehen. Zu Fuß wird der Weg zum Sportplatz absolviert: erste Ausfälle durch akute Erschöpfungszustände. Der Rest erreicht gerade noch das Sportgelände, wo die Wettkämpfe bereits in vollem Gange sind. Lautsprecherdurchsagen fahnden nach Schülern, die sich im weiten Rund des Sportplatzes verlaufen haben, Bälle fliegen, Lehrer rennen, Schüler humpeln, Klassleiter loben, Mitschüler feuern an, Sanitäter eisbeuteln, Sportlehrer dirigieren, Kunsterzieher malen Urkunden … Als Wettkampfrichter sind zuverlässige Oberstufenschüler eingeteilt, die beim Weitsprung locker einen Meter Maßband in der Faust unterbringen können – je nach Bedarf. Auch an den Stoppuhren herrscht vorbildliche Kameradschaft.

Dann, um halb zehn, beginnt es endlich leicht zu tröpfeln. („Ich habe es ja gleich gesagt, bei uns zu Hause hat es schon um halb acht wie aus Eimern gegossen!“) Geordneter Rückzug: Die Mädchen voraus, die Jungen raffen ihre Kleider zusammen und treten den Beweis an, dass ein paar Regentropfen sportlich wesentlich motivierender sind als jede Stoppuhr.

Die Nachbesprechung durch die Schulleitung fällt außerordentlich positiv aus: Das Chaos habe sich trotz der üblichen Organisation in Grenzen gehalten, es habe kaum Verletzte gegeben und vor allem nur fünf Beschwerden von Eltern. Eine Mutter hatte die Durchführung der Bundesjugendspiele trotz der unsicheren Witterung kritisiert. Bei ihr zu Hause hätte es bereits um halb acht wie aus Eimern gegossen! Und vier Eltern hatten sich wegen abhandengekommener Handys aufgeregt: Es müsste doch möglich sein, die Wertsachen vor Beginn des Sportfestes im Klassenzimmer wegzusperren. Der Fachbereichsleiter Sport verspricht, dies in Zukunft zu beachten.

Corporate Identity: der Personalausflug

Auch der Personalausflug gehört zu den regelmäßigen kulturellen Veranstaltungen an der Schule. Er dient der Corporate Identity des Kollegiums und dem Bestreben, den ein oder anderen Kollegen besser kennenzulernen, um die lang gehegten Vorurteile bestätigt zu sehen.

Auf den Personalausflug freuen sich alle schon lange, besonders natürlich die jüngeren Schüler, die so in den unverhofften Genuss eines halben unterrichtsfreien Tages kommen. Die älteren Schüler sind lediglich verblüfft, dass sie außer ihren ebenso ratlosen Mitschülern niemand mehr vorfinden, wenn sie gewohnheitsmäßig gegen Ende der vierten Stunde in der Schule erscheinen.

Natürlich wird schon Wochen vorher in mehreren Lehrerkonferenzen ausführlich das Ziel diskutiert. Das ist nicht einfach, denn die Schulleitung erwartet, dass ein kulturell wertvolles Ziel ausgewählt wird. Schließlich einigt man sich nach heftigen Diskussionen wie jedes Jahr auf den nahe gelegenen Klosterbier-

Corporate Identity: der Personalausflug

garten. Die Hinfahrt mit dem Omnibus geht zügig vonstatten. Debattiert wird lediglich, welche der kulturell wertvollen CDs, mit denen man sich für die Fahrt eingedeckt hat, gespielt werden soll. Das Cicero-Hörbuch, vorgeschlagen von der Fachschaft Latein, wird abgelehnt. Schließlich droht der Fahrer mit einer Bushido-CD, die beim letzten Wandertag übrig geblieben ist. Daraufhin einigt man sich schnell auf Kuschelrock.

Die letzten hundert Meter vom Parkplatz bis zum Biergarten werden zu Fuß zurückgelegt, was länger dauert, weil die Kollegen erst ihre Nordic-Walking-Ausrüstung anlegen müssen, ohne die die meisten nicht mehr mobil wären. Der Erdkunde-Kollege erklärt ausführlich das Einnorden der Wanderkarte, dann das Kommando des Schulleiters „Aufschließen!“ und der Tross setzt sich in Bewegung.

Angekommen, organisiert der Schulleiter umgehend eine Führung durch das Kloster, das im 15. Jahrhundert an den Biergarten angebaut wurde. Er bleibt aber bei der Besichtigung alleine, weil das Kollegium sich bereits im Biergarten verteilt hat. Wegen der schon erwähnten Corporate Identity wählt man dabei die gleiche Sitzordnung wie im Lehrerzimmer – landet also bei den gleichen Gesprächspartnern und damit auch bei den gleichen Themen.
Die Rückfahrt läuft selbstverständlich wesentlich gesitteter ab als bei den Schülern, lediglich einige ältere Kollegen bitten um einen kurzen Zwischenstopp, was jedoch weniger mit dem

Wurstsalat zu tun hat. Allerdings kommt man so spät nach Hause, dass an die Vorbereitung des Unterrichts für den nächsten Tag nicht mehr zu denken ist.

Tipp für Schüler:
An solchen Tagen ist mit erhöhtem Aufkommen von Stegreifaufgaben zu rechnen. Soweit du aber altersbedingt dazu gezwungen bist, den Unterricht zu besuchen, empfiehlt sich die Aktivierung des ZERSTÖRERS (siehe Seite 49/50).

„Post für Gott“: der Schulgottesdienst

Dass Gott von seinem Bodenpersonal einiges gewohnt ist und ganz schön was wegstecken kann, ist nicht erst seit Bischof Mixa bekannt. Aber nicht nur die höheren Dienstgrade, auch das mittlere Fußvolk (vulgo: Religionslehrer) testet gerne mal den Langmut Gottes. Häufig ist das der junge, dynamische Kollege der Fächerverbindung Deutsch/Religion. Eigentlich ein vernünftiger Mensch, dem man jederzeit zutraut, im Unterricht – zumindest in seinem Zweitfach Deutsch – über ein gutes Gespür für Lyrik zu verfügen und dies an seine Schüler weiterzugeben. Geht es allerdings darum, mit Jugendlichen Lieder zu singen, die Gott loben, scheint er urplötzlich zu verblöden. Ganz selbstverständlich geht er davon aus, dass Gott keinerlei ästhetisches Empfinden, geschweige denn eine Schmerzgrenze besitzt, und konfrontiert ihn mit Texten wie:

„Ich habe Post für Gott.
Jeden Tag, da hab ich Post für Gott.
Am besten schick ich sie ihm gleich," sofott,
(Verzeihung)
„sofort,"
(Reimtechnisch jedoch eher ein Rückschritt.)
„denn ich habe Post für Gott"

(Kurt Mikula, „Post für Gott")[1]

„Sapperlot!" entfährt es da spontan dem Nicht-Germanisten und er fragt sich, wie geht der Kollege im Deutschunterricht an Heine oder Rilke heran? Und wie war das im Mittelteil? Auch dieser gibt leider keine Auskunft über den Inhalt, sondern wendet sich direkt an … ja, an wen eigentlich? Den Postboten?

„Dazu brauchst du kein Handy"
(Richtig, dann wäre es 'ne SMS.)
„und auch kein Telefon,"
(Also wie jetzt?)
„nur ein offnes Herz, das spricht,"
(Klingt nach Narkosefehler.)
„ja, das brauchst du schon."
(Wirklich? Braucht man das?)

(Kurt Mikula, „Post für Gott")[1]

Soll man einen Gott oder ein anderes höheres Wesen, das solche Texte nicht augenblicklich mit dem Menetekel „Annahme verweigert“ oder „Adressat verzogen“ quittiert, tatsächlich verehren? Ein zu einem längeren Stromausfall führender Blitz wäre wohl das Mindeste, was man erwarten könnte. Das hätte zudem die positive Nebenwirkung, dass die Verstärkeranlage ausfiele, wodurch der ästhetische Kollateralschaden mindestens halbiert würde. Denn der junge, unerschrockene Kollege hat selbstverständlich auch die musikalische Gestaltung dieser sinnfreien Pubertätspoesie in seine meuchelnde Hand genommen.

Dazu hat er eine Band gegründet, in der „alle, die ein Instrument spielen und Lust haben, einen peppigen Schulgottesdienst zu gestalten,“ (Originalton der Schuldurchsage) mitwirken dürfen: also neun Schüler, ausgerüstet mit E-Bass, Posaune sowie Schlagzeug – der Rest Blockflöten. SECHS BLOCKFLÖTEN.

Dieses teuflische Gebräu tauft er auf „The One And Only Jesus Rockers“, eine Behauptung, von der man inständig hofft, dass sie wahr ist und auch in Zukunft wahr bleiben möge. Dafür arrangiert er beliebte Evergreens wie Beethovens Schlusschor aus der 9. Sinfonie um, dessen bombastische Euphorie er einem Unisono der Blockflöten anvertraut. Gleichzeitig unterlegt er alles mit einem Text, dessen Sinn hier leider kryptisch bleibt, mit missionarischem Eifer …

„Schwester Wasser stärke mich, schenk mir neues Leben.
Spende Trost und Zuversicht, lass mich nicht aufgeben."

(Kurt Mikula, „Schwester Sonne")[2]

… und auch die anderen musikalischen Messzutaten lassen sich nur schwer liturgisch zuordnen. Am leichtesten fällt das noch bei „In der Weihnachtsbäckerei", das zur Kommunionausteilung angestimmt wird.

Wer aber nun glaubt, dass irgendwer gegen diese aktualisierte Gottesdienstgestaltung protestiert, der sieht sich getäuscht. Selbst ältere Kollegen, die noch mit literarisch anspruchsvollen Liedtexten aufgewachsen sind, wie etwa die des Weihnachtsliedes „Ihr Kinderlein kommet" …

„O seht in der Krippe, im nächtlichen Stall,
seht hier bei des Lichtleins hellglänzendem Strahl
in reinlichen Windeln das himmlische Kind,
viel schöner und holder als Engel es sind."

(Christoph von Schmid)

… finden sich zuhauf in der Kirche ein, wobei böse Menschen behaupten, dass es sich dabei um eine Art „Florence-Foster-Jenkins-Effekt" handelt. Auf Schüler, die mit Lady Gaga aufwachsen, haben diese ästhetischen Highlights selbstverständlich keinerlei abschreckende Wirkung und so verzeichnen „The One And Only Jesus Rockers" enormen Zulauf – vor allem seit es sich herumgesprochen hat, dass die Proben vormittags stattfinden.

Ausgewildert: die Abiturfeier

Nach durchschnittlich neun bis zehn Jahren wird im achtjährigen Gymnasium ausgewildert. Dies ist im Allgemeinen ein Grund zum Feiern, was im Wesentlichen auf einer völligen Fehleinschätzung der Zukunft beruht.

Schüler unter sich feiern das Abitur gerne mit einem mehrtägigen, gut durchorganisierten Besäufnis. Sie wissen noch nicht, dass der Kater, mit dem sie aufwachen, mehrere Jahre anhalten wird – wenn die große Freiheit, die sie nach dem Abitur erwarten, in den Mühlen des Bachelorstudiums zermahlen wird. Gehen sie aber gleich ins Berufsleben, müssen sie häufig erkennen, dass die Selbstfindung, der sie sich in langen, öden Unterrichtsstunden hingegeben haben, am fremdbestimmten Arbeitsrhythmus eines Azubis sehr schnell scheitert. Dagegen war die Schulzeit der legendäre Ponyhof. (Wer war eigentlich jemals auf einem Ponyhof?)

Auch die Eltern machen sich bis zum Tag X völlig falsche Vorstellungen. Denn kaum hat das Kind diese Hürde geschafft, wird es erst recht teuer. Ob Studium oder Praktikum, nun geht es finanziell erst richtig an die Substanz. Jetzt tut's richtig weh!

Und das dauert! Das übliche Geschenk zum Abitur gibt da nur einen schwachen Vorgeschmack. Hier muss schon mal die gesamte Familie zusammenlegen, damit das Kind ein standesgemäßes, von der Peergroup akzeptiertes Abiturgeschenk bekommt.

Gern genommen bei den jungen Männern: die Weltreise oder die Billigvariante davon. Letztere bedeutet sechs Wochen Südostasien als Backpacker – aber mit regelmäßigem Nachschub über Western Union. Bei den Mädchen zurzeit sehr gefragt, allerdings auch nicht billig: die kosmetische Korrektur. Durch das viele Sitzen und nächtelanges Lernen hat die Figur doch stark gelitten. Fettabsaugen an Oberschenkeln und Po ist angesagt, dafür wird der Busen etwas vergrößert (Bei welcher Gelegenheit hat der eigentlich gelitten?). Und wenn man schon dabei ist, kann man auch gleich die Ohren anlegen lassen, die wahrscheinlich vom vielen Einsagen ein wenig abstehen. Dazu noch ein leichtes (nicht gleich das ganze Pulver verschießen) Lifting, denn jetzt gibt es wieder viel zu lachen.
In zehn Jahren, beim ersten Veteranentreffen, wird man sich wahrscheinlich nur anhand von Fotos aus der Zeit vor dem Abitur legitimieren können. („Ach, du bist das? Du warst doch früher eigentlich recht hübsch.“)

Total out als Abiturgeschenk ist jedenfalls bei beiden Geschlechtern das Cabrio. Das sollte man nämlich seit der mittleren Reife besitzen.

Ausgewildert: die Abiturfeier

Vor der großen Freiheit ist eine letzte Hürde zu überwinden: die Abiturfeier. Die Aula ist bereits geschmückt, im Hintergrund lauert der Elternbeirat mit selbst gebastelten Kanapees, das Schulorchester intoniert den Kanon von Pachelbel, dann die Rede des Schulleiters. Er hat ein originelles Thema gewählt – den Ernst des Lebens. Eine Rede, die sich in den vergangenen Jahren in sämtlichen Nachbarschulen mehrfach bewährt hat. Anschließend der Schulchor mit einem zum Anlass passenden Arrangement. Sehr beliebt: Pink Floyd, „We don't need no education". Szenenapplaus der Abiturienten bei der Textzeile „Hey! Teachers! Leave us kids alone!" und mancher Lehrer im Publikum ist insgeheim glücklich darüber, dass es umgekehrt ist.

Die Abiturrede der Schülervertreterin fällt so brav aus, dass sich die Alt-68er mit Wehmut an ihre eigene Abiturfeier erinnern (zu der war man noch im Schlafanzug erschienen, um das System gnadenlos zu demaskieren). Heute tragen die Jungen bereits den klassischen Businessanzug – als hätten sie ihr BWL-Studium schon halb hinter sich. Die Mädchen dagegen zeigen sich sehr geschmackvoll im trägerlosen Abendkleid, wobei sie allerdings der ungewohnten Statik nicht ganz trauen. Bevor sie die Treppe zur Bühne hinaufstöckeln, sichern sie mit einem beherzten, beidhändigen Griff ruckartig den korrekten Sitz des Dekolletés. (Glücklicherweise ist bisher noch keinem der Jungen eingefallen, den entsprechenden männlichen Kontrollgriff einzusetzen.)

Damit sind wir nun schon beim Höhepunkt der Veranstaltung angelangt, der Überreichung der Abiturzeugnisse, und haben so natürlich wichtige Tagesordnungspunkte übersprungen: die Rede der Elternbeiratsvorsitzenden, abgelesen aus der Loseblattsammlung der „Landes-Eltern-Vereinigung" und den zweiten Beitrag des Schulchors („We are the champions").

Ausgabe der Zeugnisse also: Wie immer hat sich der Schulleiter nicht die Mühe gemacht, die Namen vorher anzusehen, und scheitert deshalb mehrmals am Migrationshintergrund seiner Klientel. Für die Schüler dagegen ungewohnt die Anrede mit „Frau" und „Herr", weshalb die ersten im Alphabet noch versuchen, ihre Eltern nach vorne zu schicken. Auch der Schulleiter hat seine Probleme mit der Anrede, seit sich Namen wie Kim, Lucca, Helge etc. durchsetzen. Aber er bringt die Zeugnisse ohne größere Peinlichkeiten an die „Frau" und den „Mann", die Feierlichkeiten nähern sich dem Ende. Der Blumenschmuck wird schon sichtbar welker, der Sekt ist bereits handwarm und hinten am Buffet wird die Stimmung immer besser, weil sich die als Helfer eingesetzten Schüler über die Kanapees hermachen. Spricht der Schulleiter dann endlich das erlösende Schlusswort „Das Buffet ist eröffnet!", kommt seine Ankündigung, wie so oft bei ihm, lange nach dem Vollzug.

Draußen vor der Schule warten schon einige Abiturienten, um ihre Abiturzeitung zu verkaufen, in welcher der Hausmeister als Giftzwerg bezeichnet wird. Der Schulleiter hat den Artikel gelesen, wissend gelächelt und den Verkauf in der Schule verboten. Drinnen aber steht so mancher Lehrer ratlos herum. Mit feuchten Augen, vom Abschiedsschmerz übermannt. Man hat die Bande lieb gewonnen in diesen acht, neun, oft sogar zehn gemeinsamen Jahren. Man hat gekämpft, miteinander, gegeneinander und gemeinsam gegen den Lehrplan und den inneren Schweinehund. Sicher, man ist nicht undankbar, mit manchen nicht mehr so regelmäßig zu kollidieren. Aber fehlen werden sie einem trotzdem! Eine klassische Ambivalenz – das unbestimmte Gefühl zwischen gerührt und geschüttelt.

ELTERN
und andere
Erziehungs-
versuchende

Experten unter sich

Von Schule versteht jeder etwas, weil jeder irgendwann in irgendeiner Art von Schule war. Das ist doch logisch. Schließlich versteht ja auch jeder, der jemals ein Fußballspiel gesehen hat, etwas von Fußball. Und in beiden Fällen gibt es das gleiche Problem: Die Fachleute halten sich auf den Rängen und Tribünen auf, während sich die wenigen Ausnahmen, die nun wirklich keine Ahnung haben, auf dem Spielfeld herumtreiben oder gar auf der Trainerbank sitzen. Auffallend ist, dass die fachliche Qualifikation des gemeinen Fußballexperten offensichtlich mit seinem Körperumfang korreliert. Jedenfalls sind die ultimativ auf der Stehtribüne vorgetragenen fußballerischen Strategien meist von einem überzeugenden Bierbauch unterfüttert, der allein schon ausreichen würde, den sportlichen Sachverstand des Experten zu dokumentieren.

Und in Bezug auf die Schule kommen die interessantesten pädagogischen Statements häufig von Experten, die ihre eigene Schulzeit traumatisch erlebt haben. („Ich hatte so unfähige Lehrer, dass ich zweimal durchgefallen bin. Nach der neunten Klasse habe ich dann das Gymnasium verlassen. Die konnten mir einfach nichts mehr beibringen.") Aus diesem Sachverhalt leiten sie ihre eigene pädagogische Qualifikation ab. Das wäre in etwa so, als würde die Lufthansa für ihre Piloten Berater engagieren, die nur deshalb als aeronautische Fachleute gelten, weil sie selbst mal in ihrer Jugend vom Baum gefallen sind.

Nun lässt es sich aber nicht vermeiden, dass diese Experten selbst wiederum Kinder in die Welt setzen, die es natürlich einmal besser haben sollen. Deshalb stehen die selbst diplomierten Pädagogen mit ihrer Zweitqualifikation als Eltern den Lehrern vehement beratend zur Seite. Solche Beratungen finden mindestens zweimal im Schuljahr statt, sie heißen Elternsprechtag (siehe Seite 104). Um jede Fluchtmöglichkeit auszuschließen, wird über die Lehrer an diesem Tag Stallpflicht verhängt, so dass sie den pädagogischen Instruktionen chancenlos ausgeliefert sind. Meist werden sie dabei zuerst über ihre fehlerhafte Einschätzung der intellektuellen Fähigkeiten des Kindes informiert, also über die Diskrepanz zwischen gemessener und gefühlter Intelligenz – was besonders schwierig ist, wenn sich diese im Nanobereich abspielt.

Gerne werden Lehrer in dieser Zwangssituation mit der sozialen Kompetenz der Schüler konfrontiert, wobei sich interessanterweise häufig herausstellt, dass es von vielen Kindern zwei Exemplare gibt. Das freundliche, nette, an allem interessierte Kind, welches die Eltern zu Hause haben – das sie aber dummerweise auch dort behalten, während sie Mr Hyde täglich in die Schule schicken.

Spätestens nach etwa 30 solchen Gesprächen dreht der Lehrer das Namensschild auf seinem Schreibtisch um, weil er sich seiner eigenen Identität nicht mehr sicher ist. Das Ende dieses Lehrerhörtages wird anschließend im Lehrerzimmer bei einem

Ich hoffe bloß, Sie bilden sich nicht ein, dass ich den ganzen Scheiß hier freiwillig mitmache oder so...
ERoi

Umtrunk gefeiert, den der Elternbeirat als Reparation finanziert. Es ist unter Kollegen verpönt, bei dieser Gelegenheit über Schule, Schüler oder Eltern zu sprechen. Lieber widmet man sich angenehmeren Themen, denn schließlich verstehen Lehrer ja nicht nur von Schule eine ganze Menge. Da hört man dann Fachsimpeleien wie „Ich habe gleich gesagt, Klose ist eine völlige Fehlbesetzung! Er hätte Gomez bringen müssen, aber dieser Löw hat ja keine Ahnung!"

Die Wahl der Qual: Welche Schule passt zu meinem Kind?

Ob Kinder ihre Schulzeit als glücklich erleben, hängt wesentlich von der richtigen Schule ab. Verantwortungsvolle Eltern widmen sich der Schulwahl deshalb systematisch und mit größter Umsicht. Die folgende Vorgehensweise bewährt sich seit Generationen ...

1. Schritt: Grundsätzliches

Bedenken Sie bei der Wahl des Schultyps, dass falscher Ehrgeiz Ihrem Kind dauerhaft Schaden zufügen kann. Was nützt dem Kind der beste Hauptschulabschluss, wenn es auf dem Weg dorthin permanent überfordert wird? Gerade Kinder, die langsamer lernen, mehr Zeit, Zuwendung und Ruhepausen benötigen, sind am Gymnasium einfach besser und vor allem länger aufgehoben.

2. Schritt: Erster Eindruck

Haben Sie sich für einen bestimmten Schultyp entschieden, verschaffen Sie sich einen ersten Eindruck von den infrage kommenden Schulen. Inspizieren Sie diese an beliebigen Tagen, selbstverständlich unangemeldet und inkognito. Die folgende Tabelle hilft Ihnen sicherlich bei der Interpretation Ihrer Beobachtungen.

Beobachtung:	Bedeutung:
Die Schule macht insgesamt einen verwahrlosten Eindruck.	Hier wird in Bildung investiert, nicht in Bausubstanz.
Viele Schüler sind während der Unterrichtszeit auf den Gängen unterwegs.	Moderne Pädagogik: Freiarbeit, offene Recherche etc.
Haufen von Fahrrädern vor dem Schulgebäude	Die Schule vermittelt den Schülern Umweltbewusstsein.
Luxuslimousinen auf dem Lehrerparkplatz	Es gibt keinen Schülerparkplatz.
Graffitis auf den Gängen und in den Toiletten	Kreatives Potenzial der Schüler wird gefördert oder zumindest nicht behindert.

Obszöne Graffitis	**Tolerante, unverklemmte Lehrer**
Abfall in den Gängen	**Die Lehrerschaft hält sich nicht mit den Nebensächlichkeiten auf. Vielmehr steht der Schüler im Mittelpunkt.**
Einige Lehrer sind während der Unterrichtszeit auf den Gängen unterwegs.	**Moderne Pädagogik: Den Schüler immer dort abholen, wo er steht (höchstwahrscheinlich in der Raucherecke).**
Lehrer mit Nordic-Walking-Stöcken unterwegs	**Man setzt auf pädagogische Erfahrung.**

3. Schritt: Engere Auswahl

Schon nach einigen Dutzend solcher Inspektionen, also bereits nach wenigen Monaten, wird sich herauskristallisieren, welche Anstalten in die engere Wahl kommen. Diese sollten Sie nun einer eingehenden Prüfung unterziehen.

Denn während heute jede Legebatterie, jede Hunde- oder Baumschule einem strengen, unabhängigen Qualitätsmanagement unterworfen wird, ist es bei den Human-Varianten allein die Aufgabe der Eltern, entsprechende Kontrollen durchzuführen. Bringen Sie deshalb rechtzeitig Ihre Wünsche vor und Vorstellungen ein, beispielsweise indem Sie entsprechende Min-deststandards definieren. Man wird viele Jahre miteinander zu tun haben, da ist es sinnvoll, der Schule vorab schon mal die eigenen pädagogischen Vorstellungen zu vermitteln – damit es später, wenn man darangeht, sie durchzusetzen, nicht allzu viel Widerstand gibt.

Dazu laden Sie am besten den Schulleiter vor, weihen ihn in Ihr pädagogisches Konzept ein und klären insbesondere die zentralen pädagogischen Fragen:
Wer holt die Kinder morgens von zu Hause ab?
Welche Spiele sind auf den Schulcomputern installiert?
Wie ist der Wellnessbereich ausgestattet?
Wie sieht das Freizeitangebot aus?
Gibt es Hausaufgaben und wenn ja, wer erledigt sie?
Wird auf das morgendliche Schlafbedürfnis der Schüler Rücksicht genommen?
Halten sich Unterricht und Pausen die Waage oder wird für spezielle Ruhezeiten gesorgt?
Wie viele Hauben hat die Mensa im „Gault&Millau"?
Wer bringt den Schülern vergessene Kleidungsstücke und Unterrichtsmaterialien nach Hause?
Wann wird das zweite Frühstück serviert?

Ganz bestimmt finden Sie eine Schule, an der diese Fragen zu Ihrer Zufriedenheit beantwortet werden, so dass die fürsorgliche Betreuung Ihres Kindes auf Jahre hinaus gesichert ist.

Angewandte Lyrik: Zeugnisch

Heftig diskutiert werden zurzeit wieder einmal die sogenannten Kopfnoten. Die seltsame Bezeichnung kommt daher, dass den Schülern diese Noten am entgegengesetzten Körperteil so was von vorbeigehen. Man mag sich gar nicht vorstellen, wie sie eigentlich – und wesentlich zutreffender – genannt werden müssten.

Mit diesen Kopfnoten werden Fleiß, Betragen, Teamfähigkeit, soziale Kompetenz etc. des Schülers gewürdigt. Ihre Wirkung auf Eltern und andere Erziehungsversuchende ist nicht immer abzusehen, weil diese Noten in höchstem Maße interpretationsbedürftig sind. Eine Vier für Fleiß (die schlechteste Note) kann nämlich durchaus positiv gesehen werden, bestätigt sie doch zweifelsfrei: Das Kind ist nicht so dumm, wie die Fachnoten befürchten lassen. Es ist nur faul und das beruhigt viele Eltern bereits, denn fleißig könnte es ja noch werden. Hauptsache, es ist nicht blöd!

Besser noch als die Kopfnoten sind die Verbalqualifizierungen (vulgo: Zeugnisbemerkungen), weil diese viel genauer und individueller auf den einzelnen Schüler eingehen. Sie werden nämlich aus vorbereiteten Textbausteinen am Computer zusammengesetzt. Der Lehrer gibt lediglich verschiedene Kennziffern ein und der Computer formuliert daraus einen sinnvollen Satz, zum Beispiel:

Kevin Mayer, Klasse 5c geboren am: 15.08.2000 in: Straubing

Bemerkungen zu Verhalten, Mitarbeit und Wahlunterricht:

„Trotzdem hat Kevin ihre Leistungen im zweiten Halbjahr an der Badmintongruppe teilgenommen."

Da können sich Eltern dann durchaus ein Bild von ihrem Sohn respektive ihrer Tochter machen. Letzteres Detail zu klären ist schließlich nicht Aufgabe einer Zeugnisbemerkung. Zu manchen Erkenntnissen über die eigenen Kinder müssen Eltern eben auch einfach selbst kommen.

Manche Kollegen glaubten, hier eine Unzulänglichkeit des Computers zu erkennen, und gingen wieder dazu über, die Zeugnisbemerkungen per Hand zu verfassen, was den Eindruck der Empathie wesentlich verstärkt:

Peter Schulze, Klasse 7a geboren am: 23.09.1998 in: Berlin

Bemerkungen zu Verhalten, Mitarbeit und Wahlunterricht:

„Der aufgeweckte Schüler wirkte im Unterricht etwas verträumt."

Diese Beobachtung lässt vermuten, dass er meist erst am Ende des Unterrichts aufgewacht ist. Und selbst das offenbar nicht freiwillig.

läufig lässt die Formulierung der Zeugnisbemerkung Rück-chlüsse auf den fachlichen Hintergrund des Verfassers zu. Bei einem Wirtschaftslehrer liest sich das so:

Bastian Wagner, Klasse 8b geboren am: 03.02.1997 in: Köln

Bemerkungen zu Verhalten, Mitarbeit und Wahlunterricht:

„Gegen Ende des Schuljahres fielen die Leistungen aufgrund von Gewinnmitnahmen deutlich ab. Die Insolvenz war auch durch eine Bereinigung der Bilanz n den musischen Fächern nicht zu vermeiden."

m vorliegenden Fall hat der Schüler tatsächlich das Klassen-iel nicht erreicht. Dies ist den Eltern aber erst klar geworden, ls sie das Zeugnis ihrem Vermögensberater vorgelegt haben. Dieser hat ihnen angeblich geraten, die schlechten Noten vor-äufig in eine Bad Bank auszulagern.)

st der Klassenleiter hingegen Musiklehrer, klingt die im Ergeb-is identische Zeugnisbemerkung wesentlich freundlicher:

eon Müller, Klasse 6d geboren am: 12.05.1999 in: Hamburg

emerkungen zu Verhalten, Mitarbeit und Wahlunterricht:

„Trotz seines Grundtempos im Lento possibile war sei-e Artikulation von zahlreichen Sforzati geprägt. Eine Reprise ist deshalb nicht zu vermeiden. Da capo!"

Oft lassen sich auch private Vorlieben der Lehrkraft in de Zeugnisbemerkung erkennen:

Niklas Schuster, Klasse 10e geboren am: 30.03.1995 in: Hc

Bemerkungen zu Verhalten, Mitarbeit und Wahlunterricht:

„Sein moussierendes und vorwiegend vollmundiges Verhalten wurde von einem reichhaltigen Interessensbouquet ergänzt. Im Abgang etwas muffig, weshalb eine einjährige Nachreife empfohlen wird."

Es ist nur zu verständlich, dass Eltern im Einzelfall mit der Interpretation dieser Verbalqualifizierungen überfordert sind. Um diesen verbalen Wildwuchs zu beschneiden, haben die Kultusministerien eine spezielle Sprache entwickelt: das sogenannte Zeugnisch. Eine lebendige Sprache, die ihren besonderen Reiz aus zahlreichen Euphemismen bezieht.

Zeugnisch:	**Deutsch:**
„Der Schüler pflegte außerunterrichtliche Interessen."[a]	**Er war faul.**
„Der Schüler wurde von außerschulischen Interessen in Anspruch genommen."[b]	**Er war stinkfaul.**

„Der Schüler weist erhebliche Lücken im Grundwissen auf."	**Er war schon immer stinkfaul.**
„Die Lücken im Grundwissen sind in absehbarer Zeit nicht zu schließen."	**Er wird wohl auch in Zukunft stinkfaul bleiben.**
„Der Schüler verfügt über ein hohes Leistungspotenzial."[c]	**Seine Leistungen gehen gegen null, weshalb seine Möglichkeiten, sich zu verbessern, gegen Unendlich gehen.**

Erläuterungen:

[a] Der Schüler hat sich durchaus für etwas in der Schule interessiert – zum Beispiel für die Mädels aus der Parallelklasse.

[b] Counter Strike, The Sniper 2, Matrix Fighter …

[c] Rechenbeispiel: Wer auf einer Zwei steht, der kann sich maximal um 20 Prozent verbessern; wer aber auf einer Sechs steht, kann sich zu hundert Prozent verbessern. Das ist Potenzial!

Selbst die Zeugnisbemerkungen zum Betragen müssen differenzierter übersetzt werden.

Zeugnisch:	Deutsch:
„Das Betragen war altersgemäß." (Unterstufe)	**Der Schüler ist ausgesprochen verhaltensoriginell, eine Art ambulantes Epizentrum.**

„Das Betragen war altersgemäß." (Mittelstufe)	Der Schüler bockelt oder zickt – je nach Geschlecht (soweit man sich diesbezüglich schon festgelegt hat).
„Das Betragen war altersgemäß." (Oberstufe)	Der Schüler war eigentlich überhaupt nicht anwesend.

Auch die Empfehlungen für die weitere Schullaufbahn werden in der Lehrerkonferenz auf Zeugnisch formuliert:

Zeugnisch:	Deutsch:
„Übertritt ins Berufsleben"	Schüler ist am Ende seiner intellektuellen Kräfte.
„Wiederholung der Jahrgangsstufe im Internat"	Die Eltern sind das Problem.
„Wiederholen der Jahrgangsstufe bei erheblich gesteigertem Arbeitseinsatz"	Kleines Späßchen der Lehrerkonferenz
„Mehrmaliges Wiederholen der letzten Jahrgangsstufe"	Leider noch nicht möglich, obwohl es manchmal die beste Empfehlung wäre.

Lernzielkontrolle für Eltern

Interpretieren Sie folgende Zeugnisbemerkungen ins Deutsche:

1) „Kevins Sozialverhalten ist hoch entwickelt. Seine Interessen sind etwas einseitig, aber breit gestreut."

2) „Max verhält sich vorbildlich und drängt sich niemals in den Vordergrund. Er ist der ruhende Pol innerhalb der Klassengemeinschaft."

3) „Kerem ist sehr tatkräftig und verhält sich insgesamt eher handlungsorientiert.

Auflösung

1) Kevin befindet sich in einer hormonell sehr kritischen Phase. Er interessiert sich ausschließlich für Mädchen und zwar für alle.

2) Wenn Max überhaupt anwesend ist, dann nur körperlich. Er verbringt die Unterrichtszeit meist schlafend.

3) Kerem ist sehr aggressiv. Wenn ihm etwas nicht passt schlägt er – ohne lange zu diskutieren – sofort zu.

Lernzielkontrolle für Lehrer

Formulieren Sie die folgenden Sachverhalte als Zeugnisbemerkungen:

1) Lisa ist hochintelligent und äußerst fleißig.

2) Karl ist völlig am Ende und hat längst aufgegeben. Aber der Vater (Professor an der Pädagogischen Hochschule) will unbedingt, dass er Abitur macht.

Auflösung

1) „Durch ihre extrem hohe Motivation stellt Lisa eine Belastung für die Klassengemeinschaft dar. Sie sollte auf ihre Mitschüler mehr Rücksicht nehmen."

2) „Karl ist ausschließlich extrinsisch motiviert. Das Potenzial zur Verbesserung seiner Leistungen ist enorm."

Gut, dass wir darüber gesprochen haben: Elternsprechstunde

Eltern und Lehrer sollten immer an einem Strang ziehen, das ist unbestritten. Im Idealfall ziehen sie dabei sogar am gleichen Ende des Strangs. Um dies zu gewährleisten, muss man sich gelegentlich über die Zugrichtung verständigen – zu diesem

Zweck wurde die Elternsprechstunde eingerichtet. Damit diese auch optimal genutzt wird, sollten Eltern jedoch einige Punkte beachten:

1. Es heißt Elternsprechstunde, nicht Elternhörstunde (siehe Seite 91). Versuchen Sie also, möglichst viele Informationen in kürzester Zeit loszuwerden. Was der Lehrer über Ihr Kind erzählt, ist uninteressant. Wer, wenn nicht Sie, kennt das Kind? Der Lehrer doch nicht.

2. Suchen Sie deshalb den Lehrer lediglich auf, wenn alles in Ordnung ist – nur dann hat er für Sie ein offenes Ohr und Zeit, sich alles anzuhören, was Sie bewegt. Keinesfalls sollten Sie Lehrer aufsuchen, die Sie um einen Besuch in ihrer Sprechstunde bitten. Diese wollen sich nur wichtig machen und über ein bestimmtes Thema sprechen, so dass Sie unter Umständen überhaupt nicht zu Wort kommen.

3. Scheuen Sie sich nicht, auch über private Angelegenheiten zu sprechen. Für den Lehrer ist es wichtig, das Umfeld des Schülers genau zu kennen. Dazu muss er über Ihre gesundheitlichen Probleme und die Konflikte in Ihrer Partnerschaft ausführlich informiert sein.

4. Kontrollieren Sie vor dem Besuch anhand der Lehrerliste, ob Sie von Ihrem Kind den richtigen Namen des Lehrers erfahren haben – nicht seinen Spitznamen. Ein Lehrer namens Stuben-

rauch goutiert es nicht unbedingt, von Ihnen mit „Herr Zimmerqualm“ angesprochen zu werden. Und „die Schickse“, von der Ihr Sohn recht gerne abfällig berichtet, heißt möglicherweise ganz anders.

5. Manche Lehrer haben so viele Schüler, dass Sie nicht sicher sein können, ob Sie beide über das gleiche Kind sprechen. Geben Sie in diesem Fall Hinweise auf besondere Kennzeichen Ihres Kindes, die es aus der Masse herausheben – zum Beispiel Zahnspange, iPod, krasse Frisur etc. Sollten Sie sich trotz sachdienlicher Hinweise nicht auf ein Kind einigen können, verzweifeln Sie nicht: Eine nette Unterhaltung kann durchaus auch ohne konkreten Bezugspunkt zustande kommen, vor allem wenn Sie Punkt drei beachten.

6. Berichten Sie dem Lehrer fachspezifisch über die traditionellen Schwächen in Ihrer Familie: „In meiner Familie – und in der meines Mannes (meiner Frau) erst recht –, waren schon immer alle …“
Zur Auswahl: Sportkrüppel, Sprachdeppen, unmusikalisch, Geographiemuffel, Legastheniker, Kunstbanausen, Häretiker, Dyskalkulanten. (Vorsicht bei der Verwendung der beiden letzten Begriffe: Allein ihre Verwendung könnte Sie des Schwindels überführen!)

Der Lehrer wird dann bei der Benotung das intellektuelle Umfeld des Kindes mit einem entsprechenden Hebesatz berücksichtigen. Durch günstige Partnerwahl lässt sich so der gewünschte Schulabschluss des Nachwuchses bereits pränatal organisieren.

Mangels sachdienlicher Hinweise: ein Fehlversuch

Von der Lehrkraftberatung durch die Eltern an Elternsprechtagen und in den Elternsprechstunden war ja schon die Rede. Besonders in den Fächern, die in der Woche nur eine Stunde unterrichtet werden – an einem Lehrer ziehen also wöchentlich bis zu 18 Klassen vorbei –, gewinnen diese Gespräche eine ganz eigene Dynamik. Vorsichtig tasten sich beide Seiten an die Problematik heran, die allerdings ganz woanders liegt, als der Laie vielleicht vermuten mag ...

M: „Guten Tag, ich bin die Mama von Jessica."

L: ?...?

M: „Sie wissen schon, so eine Blonde!"

L: ?...?

M: „Die anderen Kinder sagen immer Jessi zu ihr!"

L (ungeduldig): „In welcher Klasse ist denn Ihre Jessi?"

M: „Tja, die müsste jetzt ..."

L: „Das hilft uns gar nicht weiter. Die müssten alle schon ein, zwei Jahre weiter sein."

M: „Also, lassen Sie mich mal rechnen: Die Jessica ist von meinem zweiten Mann. Die Charlene, die von meinem dritten Mann ist, die ist in der sechsten Klasse, dann muss die Jessica also in der siebten Klasse sein. Ist doch logisch?"

L: „Das hilft uns jetzt auch nicht sehr viel weiter, weil wir heuer fünf siebte Klassen haben, und die sind alle bei mir. Und Jessicas gibt es – wie man spaßig so sagt – zum Schweinefüttern."

M (leicht verzweifelt): „Vielleicht kennen Sie sie doch, sie ist eine ganz Ruhige."

L: „Ah ja, eine ruhige Blonde. Ganz klar!" (spult ab) „Ja, so geht es natürlich nicht. Die ganze Stunde hört man nichts von ihr. Sie sitzt nur da und schaut und schweigt, sie müsste natürlich etwas lebhafter ..."

M (unterbricht): „Da bin ich aber jetzt froh, dass Sie das sagen. Ihre Kollegen haben nämlich gesagt, dass sie dauernd schwätzt."

L (einen Fluch unterdrückend, spult zurück): „Ja, das stimmt natürlich schon. Die ganze Stunde labert sie dahin und produziert dauernd Unruhe. Und Sie sehen es ja auch an den Noten ..."

M (entsetzt): „Ja, um Gottes willen. In allen anderen Fächern hat sie Einsen und Zweien. Ja, was wird denn das bei Ihnen?"

L (den Fluch nicht mehr unterdrückend, blättert irgendeine Seite im Notenbuch auf): „Ja, wenn ich das so sehe, aber das müsste man jetzt addieren ... und teilen ... damit ich den Durchschnitt ... das könnte dann ... wie gesagt, mündlich ist sie ja sehr aktiv ..."

M (wartet das Ergebnis nicht ab): „Da bin ich aber jetzt froh. Wissen Sie, das hat die Jessica nämlich von ihrem Vater. Das war mein erster Mann ..."

L: „Ich will mich ja nicht einmischen, aber vorhin sagten Sie, Ihr zweiter Mann …“

M: „Nein, nein, die ist von meinem ersten Mann, ich muss es doch wissen.“

L: „Ja natürlich. Aber wenn die Jessica von Ihrem ersten Mann ist, dann ist sie ja in der achten Klasse.“

M: „Ja, das kann schon sein. Aber siebte oder achte Klasse, das ist doch egal, oder?!“

L: „Mir schon! Vor allem, weil ich heuer keine achte Klasse unterrichte.“

Lehrer sagt:	**Deutsch:**
„Ein ganz schön aufgewecktes Bürschchen, Ihr Sohn!“	**Allerdings immer nur kurz nachdem ich ihn wieder aufgeweckt habe.**
„Ihre Jessica ist Ihnen ja wie aus dem Gesicht geschnitten!“	**In Zukunft sollte ich wirklich etwas freundlicher zur Jessica sein. Sie hat es wirklich nicht leicht – bei diesen Genen!**
„Sie sollten Ihr Kind morgens etwas früher losschicken. Es kommt immer eine Viertelstunde zu spät.“	**Das ist allerdings die angenehmste Viertelstunde des ganzen Vormittags.**

Eltern sagen:	Deutsch:
„Meine Tochter schwärmt ja jeden Tag von Ihnen!“	Vor allem, wenn sie beim Mittagstisch immer dieses arrogante Gehabe nachmacht.
„Wie schaffen Sie es eigentlich, den Unterricht immer so interessant zu gestalten?“	So interessant, dass unser Sohn nie weiß, was durchgenommen wurde.

Höheren
Orts

Im Stresstest: die dienstliche Beurteilung

Wenn Kollegen durch die Gänge eilen, um ihren Unterricht pünktlich zu beginnen; Pausenaufsichten demonstrativ Präsenz zeigen; das Kopiergerät wegen Überlastung im Wochentakt gewartet werden muss; Laptops, Beamer und sonstige neue Medien sowie der Computerraum auf Wochen hinaus ausgebucht sind – kurz: wenn alles so ist, wie es sein soll –, dann ist sehr wahrscheinlich Beurteilungsphase. Das bedeutet, dass die didaktisch-pädagogische Kompetenz der Lehrer von jemandem beurteilt wird, der über eine außerordentlich große didaktisch-pädagogische Kompetenz verfügt. Was man wiederum daran erkennt, dass er – je nach Bundesland und Schultyp – Schulrat, Schulleiter oder Schulamtsleiter ist.

Selbstverständlich wird ein so wichtiges Amt (je nach Bundesland und Schultyp) wie Schulamtsleiter, Schulrat oder Schulleiter nur Menschen übertragen, denen von Ihren Vorgesetzten (je nach Bundesland und Schultyp: Schulleiter, Schulamtsleiter oder Schulrat) im Rahmen einer dienstlichen Beurteilung eine außerordentlich große didaktisch-pädagogische Kompetenz bescheinigt wurde.

Das Amt des MASSSAs (**M**inisteriell **A**nerkannter **S**chulleiter, **S**chulrat oder **S**chul**A**mtsleiter) speist sich also quasi aus sich selbst heraus, der Genpool bleibt überschaubar. Im 18. sowie

Sie sind seit 30 Jahren im Schuldienst und haben immer noch keine Burn-out-Symptome?
Dann sind Sie offensichtlich nicht ausreichend engagiert, Frau Kollegin!

19. Jahrhundert hatte diese Form der Amtsübertragung den positiven Effekt, dass man den Würdenträger sofort erkannte – zum Beispiel an der Habsburger Lippe. Heute kommt jemand, der eine Lippe riskiert, eher nicht für ein dienstliches Upgrade infrage und schließt deshalb sicher nicht zu den Habsburgern des Schulsystems auf.

Im Rahmen der dienstlichen Beurteilung finden unangemeldete Unterrichtsbesuche durch den MASSSA statt, was zu dem oben beschriebenen, überwiegend atypischen Verhalten der Lehrerschaft führt. Wobei die löblichen Ausnahmen hier nicht unerwähnt bleiben sollen, allen voran der Lehrertyp A, von dem der berühmte Ausspruch stammt: „Lieber 45 Minuten schämen, als ein ganzes Jahr lang vorbereiten." Löblich ist dieses Verhalten allerdings hauptsächlich aus kollegialer Sicht, ist doch der Notendurchschnitt der dienstlichen Beurteilung an der einzelnen Schule vom Ministerium vorgegeben (und zwar vom Finanzministerium). Deswegen wird eine gute Beurteilungsnote spontan als unkollegial empfunden, was wiederum langfristig zu einem sehr dynamischen Schulklima führen kann.

Nach einem Unterrichtsbesuch findet ein Mitarbeitergespräch statt, in dem der MASSSA dem Opfer erläutert, was an seinem Unterricht schlecht war – selbstverständlich auch, was an seinem Unterricht sehr schlecht war. Zurück im Lehrerzimmer berichtet das Opfer dann ausführlich und das Kollegium versucht gemeinsam, die Kriterien der Beurteilung zu erkennen. Diese liegen nämlich weitgehend im Dunkeln. Leider kann an dieser Stelle nichts zur Aufhellung beigetragen werden, da die Beurteilungskriterien rein subjektiv sind.

Einmal äußerte beispielsweise ein MASSSA im Verlauf des Mitarbeitergesprächs so ganz nebenbei, dass er den Medieneinsatz für recht ansprechend hielt. Schon versammelte sich montagmorgens um sieben Uhr das gesamte Kollegium vorm Aldi, um einen der preiswerten Beamer aus dem Sonderangebot zu ergattern, weil die Schule den kurzfristigen (und vorübergehenden) Bedarf nicht annähernd decken konnte.

Ein anderer MASSSA fand es recht nett, im Fremdsprachenunterricht mit der Klasse ein Lied zu singen. Keine Stunde später tönte wochenlang aus allen Klassenzimmern „London bridge is falling down" in Konkurrenz mit „Frère Jacques". Der Lateinlehrer, naturgemäß mit dem Hang zu Höherem geschlagen, vergriff sich gar an der „Carmina Burana". Bereits nach einer Woche waren sämtliche Schüler stockheiser und wollten im Musikunterricht „alles, bloß nicht singen".

Übel erging es dem MASSSA, der im November auch nur so nebenbei erwähnte, dass im Unterrichtsraum sehr schlechte Luft gewesen sei: „Man hätte durchaus mal kurz durchlüften können." Er bereute diesen Vorschlag nicht lange – bereits Mitte Dezember verstarb er an einer chronischen Lungenentzündung. Woraufhin in der Schule wieder Normalität einkehrte.

Stunden der Entspannung: die Lehrerkonferenz

„... doch die Zeit nimmt sich soviel Zeit, beim Vergeh'n."

(Reinhard Mey)

Es gibt Menschen, die macht die rasante Bewegung eines Minutenzeigers nervös. Sie verfallen beim morgendlichen Abreißen ihres Tageskalenders in Schnappatmung und ihr Körper reagiert auf den hektischen Jahreszeitenwechsel mit Schweißausbrüchen. Kurz: Wir sprechen hier über ruhige, bedächtige Menschen. 

Falls Sie zu diesem Typus gehören, sollten Sie unbedingt nach einer Möglichkeit suchen, regelmäßig an den Lehrerkonferenzen teilzunehmen. Nicht wenige Menschen haben den Lehrberuf nur deshalb gewählt, um mehrmals im Jahr diese vollkommene Kontemplation zu erleben. Selbst Farbe beim Trocknen zu beobachten ist noch wesentlich aufregender. Für den ungeschmälerten Genuss dieser kollektiven Entspannung beachten Sie bitte folgende Punkte:

1. Bereiten Sie sich gut auf die Sitzung vor.

2. Wählen Sie einen Sitzplatz, der vom Schulleiter schlecht oder gar nicht einsehbar ist, und machen es sich dort bequem. Dass für den Schulleiter etwas nicht einsehbar ist, kommt zwar

häufig vor, hier handelt es sich aber um eine der seltenen Situationen, in denen dies positiv bewertet werden kann.

3. Sichern Sie Ihre Grundversorgung: Schokolade, Müsliriegel, kleine Snacks. Warme Mahlzeiten werden von den Sitznachbarn nicht gerne gesehen beziehungsweise gerochen. Dasselbe gilt für alkoholische Getränke, falls Sie nicht bereit sind, davon etwas abzugeben. Besser ist es, Getränke zu tarnen. (Mit etwas Geduld lässt sich auch ein Weizenbier in einen Tetrapack abfüllen. Gegebenenfalls lassen Sie sich von Typ A helfen – er beherrscht das.)

4. Für die gelegentlich vorkommenden unruhigeren Phasen der Konferenz empfiehlt sich die Vorbereitung einer leichten, entspannenden Beschäftigung: Korrigieren Sie ein bisschen oder lösen Sie ein Sudoku. Für den Schulleiter sieht das so aus, als würden Sie sich Notizen zur Sitzung machen – und das wertet er positiv. Falls Sie lieber Zeitung lesen, kopieren Sie diese vorher am besten auf das unauffällige DIN-A4-Format der Sitzungsunterlagen.

Tipp für Schüler:
Achtung! Unmittelbar vor Lehrerkonferenzen ist mit erhöhtem Aufkommen von Stegreifaufgaben zu rechnen.

5. Organisieren Sie den kollegialen Wachdienst. Üblich ist die Weitergabe der Wache nach 30 Minuten. Der Wachdienst hat

drei Aufgaben: Er passt auf, dass der Schulleiter nicht auch noch einschläft, sich das Ende der Sitzung rechtzeitig unter den Teilnehmern herumspricht und – weckt den Schiedsrichter der Finalwette.

Die Finalwette

Die Teilnehmer hinterlegen vor der Sitzung beim Schiedsrichter einen zusammengefalteten Zettel mit ihrem Namen und der genauen Uhrzeit, zu der sie das Konferenzende erwarten. Außerdem ihren Wetteinsatz, zum Beispiel einen geringen Geldbetrag, der von allen gemeinsam festgelegt wird, oder die Bestätigung, eine Pausenaufsicht zu übernehmen. Sieger ist der Kollege, dessen Voraussage dem tatsächlichen Sitzungsende am nächsten kommt. Er erhält den gesamten Wetteinsatz. (Bei der kollegialeren Variante bekommt der Sieger nur seinen Wetteinsatz zurück. Alle restlichen Wetteinsätze werden am Schuljahresschluss verfeiert, was die Corporate Identity ganz entscheidend stärkt.)

Wichtig

Damit keiner das Ergebnis manipulieren kann, ist es den Wettteilnehmern unter gar keinen Umständen erlaubt, Diskussionsbeiträge zu leisten.
Das bedeutet: Je mehr Lehrer teilnehmen, desto kürzer ist die Sitzung.

6. Beteiligen Sie sich unbedingt an der Finalwette. Sie ist ein bewährtes und probates Mittel, die Dauer von Konferenzen deutlich zu verkürzen.

Beachten Sie alle diese Punkte, müsste die Sitzung für Sie eigentlich stressfrei sowie zügig vorübergehen. Sicher gibt es manchmal Irritationen: Man berät, ob man den Schüler XY, dessen beste Note eine Vier in Sport ist, nicht doch auf Probe vorrücken lässt. Der Klassenleiter (Typ B) gibt zu bedenken, dass der Schüler fast nie anwesend gewesen sei. So gesehen seien seine Leistungen in einem ganz anderen – nämlich positiven – Licht zu sehen. Gute Noten bei permanenter Anwesenheit zu erhalten, sei schließlich keine Kunst. Kurz sieht es so aus, als könnte sich hier eine zeitraubende Diskussion entwickeln, weil manchen Kollegen dieses Prinzip der relationalen Benotung noch nicht bekannt ist.

Rettung kommt vom Mathematiklehrer, der glasklar vorrechnet, dass ein Notendurchschnitt von 5,2 bei 75 Prozent Fehlstunden einem Notendurchschnitt von 1,3 bei (fiktiver) hundertprozentiger Anwesenheit entspricht. XY wird durchgewinkt und bekommt den Buchpreis als Klassenbester. (Da sein Interesse für Bücher allerdings nicht sehr stark ausgeprägt ist und er schon ein Buch besitzt, nämlich das Manual zu Counter Strike 3.1., verkauft er das Buch günstig an den Zweibesten, der trotz hundertprozentiger Anwesenheit den Notendurchschnitt von 1,5 geschafft hat.)

Prinzip der relationalen Benotung (klassischer Dreisatz)

Notendurchschnitt (gemessen):	5,2
Relativer Notendurchschnitt (gefühlt):	x
Anwesenheit (gemessen):	25 Prozent
Anwesenheit (fiktiv):	100 Prozent
Ansatz:	25 : 100 = x : 5,2
Auflösen nach x:	100x = 25 · 5,2
	100x = 130
Lösung:	x = 1,3

Antwortsatz: Der gemessene Notendurchschnitt von 5,2 entspricht bei einer Anwesenheit von 25 Prozent einem relativen Notendurchschnitt von 1,3.

Wesentlich schwieriger gestaltet sich der Tagesordnungspunkt „frei verfügbare Ferientage“ (also die Terminierung der unterrichtsfreien Tage), über welche die Schule (also das Kollegium) selbst entscheiden kann. Die differenzierte Betrachtung der sich daraus ergebenden Problematik würde den Rahmen dieses Büchleins – und wohl auch den eines umfangreichen Wälzers sprengen. Die grundsätzlichen Fragestellungen seien hier nur kurz angedeutet: Kleckern oder Klotzen? Skifahren oder Surfen? Karneval oder Korrigieren? Selbst der Laie sieht sofort: Das dauert! Das sprengt jede Sitzung.

In den Ministerien mehrerer Bundesländer wird bereits erwogen, ob man die Diskussion, wann die beweglichen Ferientage stattfinden sollen, nicht zweckmäßigerweise gleich auf diese selbst legt. Bayern spielt hier jedenfalls eine Vorreiterrolle: Die beweglichen Ferientage sind längst abgeschafft – aus humanitären Gründen, wie es hieß. Dabei kann kein beweglicher Ferientag, egal wie man ihn verbringt, dem Lehrer jemals auch nur annähernd die Ruhe, Gelassenheit und Kontemplation einer Lehrerkonferenz bieten.

Im Vorruhestand: der Schulleiter

Sie haben es geschafft: Sie sind jetzt MASSSA. Eindrucksvoll haben Sie damit bewiesen, dass Ihnen an echter Macht nichts liegt, sonst wären Sie Hausmeister geworden. Mit Ihrer Ernennung zum MASSSA ist Ihre Klientel schlagartig gealtert – sonst hat sich überhaupt nichts geändert. Ihre neue Kundschaft ist genauso kindisch wie die alte, verwendet die gleichen Vermeidungsstrategien, ist genauso sensibel, ähnlich durchwachsen motiviert, pubertiert lediglich etwas routinierter.
Kurz: Sie können als MASSSA genauso weitermachen, wie Sie als Lehrer begonnen haben. Denn so, wie das Lehrerdasein eine Fortsetzung des Schülerlebens mit bescheidenerer Besoldung ist, so ist der Job des MASSSAs die Weiterführung des Lehreramts – allerdings mit wesentlich geringerem Arbeitsaufwand.

Der Schwerpunkt Ihrer Tätigkeit liegt weiterhin auf dem Prüfen und Beurteilen, das Lehren tritt nun vollends in den Hintergrund. Was wollen Sie Ihren Lehrern auch beibringen? Sie haben es ja selber nicht gelernt. Aber jetzt können Sie endlich das, was Sie bisher schon immer an Ihrer eigenen Arbeitsweise als pädagogisch-didaktisch zweifelhaft fanden, klar benennen und kritisieren – bei anderen!

Selbst diese unangemeldeten Unterrichtsbesuche, über die Sie sich früher schon immer schrecklich aufgeregt haben, weil sie mit dem Lehreralltag nichts zu tun haben, erscheinen Ihnen nun in einem anderen Licht. Denn selbstverständlich wissen Sie, dass jeder Lehrer für diesen Fall eine Showstunde in der Schublade hat. Aber niemand rechnet einen Kilometer nach einer Radarkontrolle mit der nächsten: Besuchen Sie ihn also gleich am nächsten Tag noch mal und schon blitzt es aus dem Hinterhalt.

Halten Sie sich beim anschließenden Mitarbeitergespräch zurück, lassen Sie das Opfer sprechen. Es redet sich zuverlässig um Kopf und Kragen. Diese Methode hat bereits in der Inquisition funktioniert. Sprechen Sie Lehrer – vor allem bei dieser Gelegenheit – immer mit „Herr Kollege“ (besser noch: „lieber Kollege“) beziehungsweise „Frau Kollegin“ (besser natürlich auch hier: „liebe Kollegin“) an. Das erzeugt bei den Untergebenen unbewusst ein diffuses Gefühl der Solidarität, aus dem sie noch früh genug erwachen werden.

„Lieber Kollege“ sagt im Mitarbeitergespräch:	MASSSA schreibt in der dienstlichen Beurteilung:
„Ja, die Klasse war durchaus ein bisschen unruhig. Aber so einer fünften Klasse muss man auch ein wenig Freiraum gewähren.“	Ist nicht fähig, die Disziplin zu wahren.
„Disziplin steht bei mir stets an oberster Stelle.“	Lässt den Schülern wenig Raum zur Entfaltung.
„Auf Kevin muss man immer ein besonderes Auge werfen.“	Neigt dazu, einzelne Schüler zu bevorzugen.
„Ein bisschen muss man sich schon an die Diktion der Jugendlichen anpassen.“	Hat Schwierigkeiten mit der deutschen Sprache.

Betonen Sie bei jeder Gelegenheit, dass man Sie gedrängt hat, dieses Amt, das Sie eigentlich niemals wollten, zu übernehmen. Erwähnen Sie keinesfalls die Konkurrenzklagen, die Sie gegen Ihre drei Mitbewerber angestrengt haben. Schildern Sie hingegen Ihre Verzweiflung, nur noch zwei Stunden pro Woche vor einer Klasse stehen zu dürfen. („Ausgerechnet ich! Wo ich diesen Traumberuf doch immer so geliebt habe.“) Und zeigen Sie Ihren „Kollegen“ bei jeder Gelegenheit, wie sehr Sie sie um ihren 50-Stunden-Job beneiden.

Im Vorruhestand: der Schulleiter

Wenn Sie als Lehrer aufmerksam an Konferenzen teilgenommen haben – kleiner Scherz – dürfte auch die Leitung einer solchen kein Problem sein.

Tipp für MASSSAs:
Je weniger Sie in einer Sitzung sprechen, desto mehr zweifeln die Kollegen an Ihrer Bedeutung und am Sinn einer solchen Konferenz.

Nennen Sie bei jedem Tagesordnungspunkt alle tangierten Paragrafen der ASchO (Allgemeinen Schulordnung), des EUG (Erziehungs- und Unterrichtsgesetz), der LDO (Lehrerdienstordnung), des LmaA etc. mit allen Änderungen („zuletzt geändert ..."). Die Sitzung könnte sonst eine seriöse Dauer unterschreiten. Sie müssen sich dazu nicht die Arbeit machen, die tatsächlich zutreffenden Paragrafen herauszusuchen. Nennen Sie irgendwelche Zahlen – niemand überprüft sie, niemanden interessieren sie. Aber: Man ist beeindruckt!

Bevor Sie eine Abstimmung durchführen, müssen Sie wissen, was Sie wollen. Lassen Sie es aber keinesfalls erkennen. Formulieren Sie Anträge abwechselnd mit doppelter und dreifacher Verneinung. Damit bringen Sie auch den geübtesten Abstimmer aus dem Konzept. Bis der sich mithilfe einer kleinen Skizze darüber im Klaren ist, wann er den Finger heben muss, ist die Abstimmung gelaufen – und zwar in Ihrem Sinne. Dabei ist es nicht wichtig, dass Sie Ihre Fragestellung selbst durchschauen, es genügt, das Ergebnis „eindeutig“ festzustellen und in das Protokoll zu diktieren.

Verneinung

Beispiel für dreifache Verneinung

„Wer ist dagegen, dass dem Schüler XY das Vorrücken auf Probe nicht versagt werden soll?“
Egal, ob gleich oder erst bei der Gegenprobe mehr Finger gehoben werden, stellen Sie fest: „Danke, das ist die Mehrheit. Damit rückt der Schüler XY auf Probe vor.“

Beispiel für doppelte Verneinung

„Wer ist gegen den Vorschlag, den Tag der offenen Tür nicht am Samstag, dem 11. April, durchzuführen?“
(Keine Meldung)
„Danke, damit findet der Tag der offenen Tür am Sonntag, dem 12. April, statt!“

Nochmals: Egal, ob doppelte oder dreifache Verneinung, entscheidend ist immer Ihre Flexibilität bei der Interpretation des Abstimmungsergebnisses.

Sie werden sehr schnell feststellen, dass Ihre hauptsächliche Beschäftigung als MASSSA darin besteht, Beschäftigung vorzutäuschen. Hasten Sie in der Pause durchs Lehrerzimmer, ohne sich aufhalten zu lassen: „Nicht jetzt!“, „Lassen Sie sich einen Termin geben!“, „Ich bin im Moment sehr eingespannt!“ oder „Das passt gerade gar nicht!“. Nichts ist so dringend, als dass es durch Abwarten nicht noch dringender werden könnte – oder sich von selbst erledigt.

Vergessen Sie niemals die eigentlichen Machtverhältnisse in Ihrer Schule:

Der Schüler MACHT nur das Nötigste,
das Kollegium MACHT, was es will,
Ihr Stellvertreter MACHT Ihre Arbeit,
Der Hausmeister MACHT, was er für richtig hält.

Wenn Sie das nicht sehr schnell kapieren, MACHT Sie das wahnsinnig. Genießen Sie also diese Ruhestandsjahre mit dem Gefühl, dem Burn-out auf lange Zeit entkommen zu sein – die Pensionierung kommt noch früh genug. Und dann sind Sie wieder voll im Stress, nämlich rund um die Uhr im „erzieherischen Einsatz (...) auch außerhalb des Unterrichts (...)“ (§ 9 LDO).

Denn Lehrer ist man lebenslänglich, eine Begnadigung ist nicht vorgesehen.